하룻밤에 읽는
그리스 비극

다니엘레 아리스타르코 지음
사라 노트 그림 | 김희정 옮김

하룻밤에 읽는 그리스 비극

그리스 극장의 위대한 이야기와 인물들

 북수힐

그리스 비극은 왜 지금도 유효한가

김미도(연극평론가, 서울과학기술대학교 문예창작학과 교수)

그리스 비극은 곧 연극의 기원, 특히 희곡의 기원과도 일치한다. 아니, 문학의 기원이자 예술의 기원이기도 하다. 인류 최초의 예술이론서라고 할 수 있는 아리스토텔레스의 『시학』(詩學, Poetics)은 우리가 흔히 문학의 중요한 장르로 꼽는 좁은 의미의 시(Poetry)를 의미하는 게 아니라 문학 또는 예술을 지칭한다. 『시학』에서 가장 중요하게 다루는 예술의 장르는 '극시'와 '서사시'이다. 극시는 곧 연극과 희곡을 의미하며, 서사시는 산문형식을 내포하고 있는데 이는 훗날 소설 장르로 발전하게 된다. 아리스토텔레스는 그리스를 대표하는 예술 중에서도 '극시', 즉 연극을 높게 평가했고 그 중에서도 '비극'이 최고라고 생각했다.

비극은 영어로 Tragedy인데 우리말로는 슬플 비(悲)자를 써서 비극(悲劇)으로 표기된다. 근대 일본을 통해 받아들인 용어를 그대로 쓰고 있기 때문이다. 문제는 이러한 용어 때문에 비극을 단순히 '슬픈 연극'으로 오해하기 쉽다. '슬픈 연극'의 정서는 오히려 '멜로드라마'와 가까우며 멜로드라마는 현재 연극에서보다 헐리우드 영화, TV드라마, 만화 등의 본격 대중예술에서 더 잘 활용되고 있다.

비극(Tragedy)을 보거나 읽으면 물론 슬픔을 느끼게 된다. 우리가 사랑하고 자랑스러워하던 주인공이 재기 불가능한 비극적 결말을 맞기 때문이다. 그러나 우리는 비극을 보고 나서 슬픔의 감정에만 빠지지는 않는다. 오히려 아리스토텔레스가 말한 '카타르시스'를 통해 마음이 정화되고 정신이 한껏 고양되는 느낌을 경험한다. 주인공은 불행한 상태에 이르렀는데 관객이나 독자는 왜 카타르시스를 체험하는 것일까. 이는 우리가 주인공의 삶을 통해 더욱 가치 있는 삶의 교훈과 의미를 확인했기 때문이다.

그리스 비극에서 주인공은 우리보다 신분적으로 매우 우월한 왕, 왕자, 공주 등이며 이는 셰익스피어 시대의 비극으로까지 이어진다. 높은 신분의 주인공은 평범한 사람들과 달리 비범한 능력과 비상한 용기를 지니고 있다. 그 용기는 대개 자신이 옳다고 믿는 어떤 가치나 신념을 실현하기 위한 것이다. 그런데 비극의 주인공은 바로 그 비상한 용기 때문에 엄청난 고통을 겪어야 하며 결국 파멸에 이르게 된다. 이처럼 그가 목숨을 걸고 추구하는 이상 때문에 불행한 결과가 초래되는 것을 '비극적 아이러니'라고 한다.

아리스토텔레스에 의하면 관객이나 독자들은 비극을 감상하는 동안 주인공의 고통에 대해 '연민'과 '공포'의 감정을 느끼게 된다. 연민의 감정은 비극의 주인공을 지지하고 아끼는 마음으로서 그와의 심리적 거리가 좁혀지는 데서 발생한다. 한편 공포의 감정은 주인공이 겪고 있는 고통이나 불행이 나에게도 닥칠지 모른다는 '감정이입'으로 인해 생겨난다. 연민과 공포의 감정이 반복되면 관객들은 서서히 심리적 체증을 느끼게 되는데 훌륭한 비극은 논리적이고 타당한 결말을 통해 이러한 체증을 말끔히 해소시켜 준다. 카타르시스라는 매우 고양된 경지의 감정을 체험하는 것이다.

대표적인 예를 들자면 〈오이디푸스 왕〉에서 오이디푸스 왕은 마지막에 자신의 두 눈을 찔러 장님이 되고 돌아올 수 없는 유랑의 길을 떠나지만 이는 자신도 모르는 사이에 저질렀던 부친 살해와 근친상간에 대한 죄과를 청산한 것이기에 자연의 질서를 회복한 셈이 된다. 오이디푸스 왕은 어느 순간부터 테바이 시에 돌고 있는 역병의 원인을 규명하는 것이 곧 자신의 불행으로 이어지리라는 것을 감지하지만 사랑하는 백성들을 참혹한 재앙으로부터 구원하기 위해 '진실' 규명을 멈추지 않는다. 그가 도달한 진실의 끝은 결국 '나는 누구인가'라는 질문에 대한 답이었으며 그는 스스로 두 눈을 찔러 자신을 처절하게 응징한다. 오이디푸스는 세상에서 유일하게 스핑크스의 수수께끼를 풀 수 있을 만큼 지혜로운 인간이었지만 정작 자신이 누구인지, 자신이 어디로부터 왔는지를 몰랐던 것이다. 우리는 자신의 정체성(Identity)에 대해 과연 잘 알고 있는가.

그리스 비극은 이처럼 모든 작품들이 주인공의 불행을 다루되 인간의 오만과 그 한계, 주체할 수 없는 욕망과 그에 대한 벌, 목숨을 걸고 불의에 맞서는 정의, 인간의 법과 신의 법, 운명과 주체성 등 인간의 삶에 대한 가장 근원적이고 본질적인 질문들을 던져준다. 이런 이유로 기원전 5세기에 찬란히 꽃피었던 그리스 비극은 2,500년의 세월을 뛰어넘어 오늘날에도 끊임없이 재해석되어 공연되고, 여전히 많은 관객들의 사랑을 받고 있다.

그리스 비극을 이 책에서는 소설처럼 만나지만 특별히 기억에 남는 작품들은 꼭 희곡 원본으로 만나보기를 권한다. 살아있는 연극으로 만나보면 더 좋겠다. 그리스 비극은 과거의 유물이 아니라 여전히 살아 숨 쉬는 생물이며 심지어 진화하는 생물이다.

이 책을 읽기 전에…

그리스 연극은 연극 문화의 시초이자 서양 문화의 뿌리입니다. 2,500여 년 전 그리스 아테네에서는 수많은 연극들이 무대에 올랐다고 합니다. 기원전 5세기부터 셰익스피어가 활동한 시기까지 약 1,200여 편 정도가 공연되었을 것으로 추정하고 있습니다. 그리스의 3대 비극 작가로 유명한 사람은 아이스킬로, 소포클레스, 에우리피데스입니다. 지금까지 전해오는 그들의 작품은 33편에 불과합니다.

그리스 비극은 '슬픈 이야기' 정도로 느껴지기 쉽지만 깊이 들여다보면 인간의 삶에 대한 고뇌와 성찰, 부조리한 세계에 대한 탐구 정신이 깃들어 있습니다. 이 작품들이 지구 곳곳에서 오래도록 극장에서 관객들을 만나왔던 것은 시대를 막론하고 우리의 삶과 맞닿아 있었기 때문입니다. 사상, 철학, 예술, 문화는 한 순간 만들어지지 않습니다. 고전 역시 시대와 함께 호흡하며 살아 있습니다. 우리가 고전을 중요하게 여기고 읽어야 하는 이유가 여기에 있습니다.

이 책에는 교양으로 꼭 읽어야 할 고전, 그리스 3대 비극 작가의 작품 8편과 사티로스극(익살극) 1편, 희극 1편이 실려 있습니다. 독자의 접근성을 높이기 위해 원전을 간추려 수록하였고 주인공들을 삽화로 그려 현실감을 높였습니다. 원문을 깊이 있게 읽기 원하는 독자에게는 완역본을 추천합니다.

들어가며

"정말 속상해! 오늘 학교에서 자리를 바꿨는데, 그 바람에 리카르도와 떨어져 앉게 됐어!" "그게 뭐 그리 큰일이라고……. 비극은 아니잖아!"

"지루할 때는 발에 벌레가 기어가는 것 같아. 근질근질해서 참을 수가 없어." "그럴 수도 있지. 그게 비극은 아니잖아!"

"오빠가 툭하면 놀려 대요! 내가 자꾸 앞머리를 만진다고요." "사실 그건 오빠 말이 맞아. 그 정도 놀림은 비극도 아니야!"

그렇다면 비극이란 무엇일까요? 대개 비극은 깊은 슬픔을 느끼는 심각한 사건을 가리킵니다. 그래서 누군가가 불평할 때 그것은 "비극이 아니"라고 말해 주면 마음을 가라앉히는 데 도움이 됩니다. 때때로 '비극적'이라는 형용사는 지나치게 극적인, 낡은 표현으로 여겨집니다. 그리고 자신의 불행한 이야기로 관심을 끌려는 사람은 '비극적'인 분위기를 유도하기도 합니다. 이 두 경우는 사실보다 과장되기 마련입니다.

안심하세요. 이 책은 그런 비극은 아닙니다. 이 책에는 고대의 가장 소중한 이야기들이 담겨 있습니다. 기원전 6세기부터 5세기까지 그리스 아테네에서 탄생한 이야기들이죠. 그리스 비극은 당시 무아지경과 무절제한 자유의 신 디오니소스에게 바치는 신성한 축제에서 상연되었습니다.

이후 이 이야기들은 전 세계 극장에서 계속적으로 공연되면서, 종종 영화로도 제작되고 있습니다.

이 책에 소개된 작가는 아이스킬로스와 소포클레스, 에우리피데스, 그리고 고대 희극 작가 중 유일하게 완전한 작품이 전해지는 아리스토파네스입니다. 작가들은 그리스 신화의 영웅들과 여인들의 의혹과 반란, 해방을 위한 몸부림을 생생하게 전합니다. 그들이 들려주는 이야기는 오늘날의 모순된 현실을 돌아보게도 하지만, 무엇보다도 우리가 열광하고 감동하고 웃음을 터트리게 합니다.

기구한 운명이 펼쳐지고 전쟁이 벌어지는 등 극적인 사건과 열기로 가득한 그리스 비극 안에는 감동적인 대화와 생각할 거리, 평생 간직할 만한 교훈이 담겨 있습니다.

이 책은 비극이 아닙니다. 적어도 한 편은요. 이 책에는 여덟 편의 비극과 한 편의 우스꽝스러운 비극인 사티로스극(키클롭스),

그리고 유쾌한 희극(개구리)이 실려 있습니다.

여러분은 분명히 이 이야기들을 좋아할 것입니다. 대부분의 이야기는 이미 알고 있는 신화들에서 시작합니다. 오디세우스와 폴리페모스, 헤라클레스와 프로메테우스, 다리우스와 크세르크세스 같은 몇몇 주인공은 이미 만나 본 적이 있겠죠. 알케스티스와 안티고네, 오이디푸스와 탄원하는 여인들에게도 금세 빠져들게 될 것입니다. 이야기에 등장하는 남녀 주인공들은 때로는 즐겁고, 때로는 고통스러운 인생과 경이로운 일상의 사건에서 의미를 찾는 순수한 인간성을 보여 줍니다.

그리스 비극은 인간이 지어낸 가장 오래되고 흥미진진한 이야기입니다. 흔히 '고전'이라고 불리죠. 이탈리아 작가 이탈로 칼비노는 "고전은 말해야 할 것이 무궁무진한 책"이라고 했습니다. 이제 그 이야기들이 여러분에게 말하기 시작할 것입니다. 바로 오늘부터요.

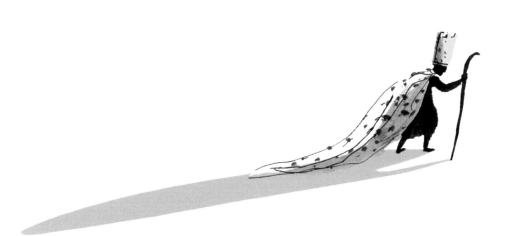

아이스킬로스

페르시아인들

그리스인들은 전쟁터에서 도망가지 않습니다.

페르시아 제국의 수도인 아름다운 수사에는 남자와 여자, 노인과 어린이가 살고 있었다. 간단히 말해서 세계의 모든 도시와 마찬가지로 다양한 사람들이 살고 있었다. 그런데 어느 날 그 도시에서 모든 남자가 사라졌다. 수사는 조용하고 한산한 도시가 되었다. 남은 주민들은 그들이 돌아오기를 기다렸다. 그 기다림은 두꺼운 담요처럼 그들을 갑갑하게 휘감았다. 그리고 기이한 침묵이 흘렀다. 사방이 잠들어 있을 때 느끼는 편안한 침묵이 아니었다. 불안이 가득한 침묵이었다. 곧 닥칠 불행을 두려워하며 숨죽이는 자들의 침묵이었다. 도시의 남자들은 전쟁을 치르기 위해 떠났다. 그들이 언제 돌아올지, 승자일지 패자일지, 살았는지 죽었는지 아무도 알지 못했다. 흰 수염을 늘어뜨린 노인들은 굽은 등과 피곤한 눈으로 고단한 하루하루를 보냈다. 지금은 젊고 힘센 남자들 대신 그들이 도시를 돌봐야 했다. 고된 일을 마치고 마땅히 휴식을 취해야 할 때도 여자들과와 아이들을 챙기고, 보초를 서고, 식량을 구해야 했다. 그들은 오래 버틸 수 없다는 사실을 잘 알고 있었다. 몇 달 못 가서 도시는 황폐해질 것이다. 그보다 앞서 여자들은 아이들을 데리고 떠나고, 유령 도시에는 늙은이들만 남겨질 터이다. 노인들은 그 무거운 짐에서 해방되기를 바라며 매일 아침 해가 뜨자마자 도시의 성곽으로 나가, 좁은 나무 계단을 올라 성벽 위를 어슬렁거렸다. 그들은 서로의 몸을 받치면서 몇 시간 동안 선 채로, 흐린 눈을 가다듬으며 성 밖을 바라보면서 젊은이들이 돌아오기를 기다렸다. 어쩌면 그들은 전쟁에 참가한 가장 강력한 페르시아 군대와 사령관 크세르크세스 대왕이 돌아오지 못할까 봐 두려웠을 것이다. 혹시 그들이 그리스와의 전쟁에서 패배했을까? 서로 적대적인 도시 국가들이 침략군에 맞서기 위해 맺은 동맹에게, 그 무질서하고 분열된 세력에게 대제국의 군대가 패했을까? 페르시아 전사들은 능숙한 활 솜씨와 예리한 창으로 승리를 거뒀을까? 한동안 이어진 침묵이 그 대답을 대신하는 듯했다.

그날은 스물네 명의 원로가 추위에 떨면서 수사의 성벽에서 지평선을 바라보고 있었다. 그러나 아무런 움직임도 보이지 않았다. 그들은 지치고 낙심하여 성벽을 내려와, 궁전의 응접실에 둘러앉아 이야기를 나누며 근심을 토로했다.

크세르크세스 대왕의 어머니이자 다리우스 대제의 미망인인 아토사 태후가 원로들을 찾아와 정중하게 인사했다. "존경하는 원로들이여, 그대들은 나이가 지긋하고 현명합니다. 그래서 내 꿈 이야기를 들려주고 싶습니다. 아시다시피 내 아들은 그리스의 도시들을 정복하기 위해 군대를 이끌고 떠났습니다. 그 이후로 밤마다 꿈을 꾸는데, 지난밤처럼 또렷하게 꿈을 꾼적은 없었습니다."

태후는 그 꿈이 신들이 보낸 메시지라고 믿으며 원로들에게 조언을 해 달라고 부탁했다. 그녀는 꿈속에서 매우 아름다운 두 명의 여인을 보았다. 한 여인은 페르시아 옷을, 다른 여인은 그리스 옷을 입고 있었다. 여인들은 태후에게 그들이 같은 핏줄에서 태어난 자매라고 소개하며 한 사람은 그리스에 살고, 다른 사람은 그렇지 않다고 말했다. 두 자매는 사이가 좋지 않았고, 크세르크세스는 두 자매의 목에 말처럼 고삐를 조여 전차에 묶었다. 첫 번째 여인은 순순히 굴레에 묶여 마구 장비를 자랑스러워하며 탑처럼 몸을 꼿꼿이 세웠다. 그러나 두 번째 여인은 걷잡을 수 없이 반항하면서 발길질을 했고, 고삐를 끌어당겼으며, 주먹으로 마구를 쳐서 멍에를 부숴 버렸다. 그 바람에 크세르크세스는 전차에서 떨어졌다. 다리우스가 울면서 그에게 다가갔고, 아버지의 모습을 본 크세르크세스는 입고 있던 옷을 찢어 버렸다.

사람들 사이에서 침묵이 흘렀다. 당혹감에 휩싸인 침묵이었다. 그 누구도 입을 뗄 용기를 내지 못했다. 그 꿈이 불길한 징조라는 것이 너무나 확실했기 때문이다. 반항적인 그리스 도시들에게 페르시아 군대와 크세르크세스대왕이 패배할 것이라고 예언하는 끔찍한 꿈이었다. 그들은 태후를 놀라게 하거나 성급하게 위로하지 않았다. "어차피 꿈일 뿐입니다." 그들은 이렇게 태후를 안심시키고 신들에게 기도를 드리라고 조언했다.

아토사는 흔쾌히 그러겠다고 대답했으나, 불안감을 감추지 못하고 그리스 군대가 페르시아를 이길 가능성이 있는지 물었다.

"그 군대는 우리에게 큰 골칫거리입니다."

"지휘관이 누구인가요? 누가 그 군대의 주인이죠?" 태후가 물었다.

"그들은 누구의 노예도 아니고 아무에게도 복종하지 않기로 유명합니다." 원로들이 대답하자 응접실에는 또다시 괴로운 침묵이 흘렀다.

갑자기 다급한 발소리와 헐떡거리는 숨소리가 실내를 채웠다. 전령이 지친 몸을 이끌고 나타났다. 그는 햇볕에 그을린 얼굴에 입술이 갈라지고 온몸이 흙투성이였다. 전령은 태후에게 허리를 숙여 공손히 인사한 뒤 한달음에 말을 쏟아 냈다. "오, 전 아시아를 아우르는 위대한 제국 페르시아가 막대한 재산을 순식간에 잃었습니다. 페르시아의 꽃은 꺾이고 일그러졌습니다. 불행한 소식을 제일 먼저 알리려니 두렵기만 합니다. 허나 이 또한 저의 일인 줄로 압니다. 모든 군대가 전멸했습니다! 이제는 가망이 없습니다. 제 두 눈으로 똑똑히 보았습니다. 살라미스 해안에는 전사한 페르시아군의 시신이 사방에 가득했습니다. 우리의 활은 힘을 쓰지 못했고, 전군이 복몰되었습니다."

"누가 살아남았느냐? 우리 장군들 중 누구를 애도해야 하느냐?" 태후가 물었다.

"크세르크세스대왕은 살아 계십니다."

태후는 물어볼 용기가 나지 않았던 그 소식을 듣고 안도의 한숨을 내쉬었다. 그러나 페르시아의 패배 앞에서 아들의 생존을 기뻐할 수만은 없었다. 그녀는 전령에게 전쟁터의 상황이 어땠는지 자세히 들려 달라고 요청했다.

페르시아 군대는 크세르크세스의 명령으로 설치한 두 개의 부교를 이용해 헬레스폰트 해협을 건너 트라키아와 마케도니아를 통해 나아갔다. 그들은 그리스에 도착해 도시 연합군과 맞닥뜨렸다. 숙적 관계인 아테네와 스파르타가 공동의 적인 페르시아에 맞서기 위해 동맹을 맺은 것이다. 동맹군의 군함은 370척에 불과했고 페르시아군 함대는 1207척에 달했다. 병력의 규모는 페르시아의 승리를 예고했지만, 예기치 못한 사건이 그 예측을 뒤집었다. 한 그리스 군인이 진영으로 찾아와서 크세르크세스 대왕을 만나게 해 달라고 요청했다. 그는 돈을 받는 대가로 비밀리에 그리스군의 정보를 제

공했다. 그는 밤중에 적군이 방심하고 있는 틈을 타서 불시에 공격하라고 말하며, 그러면 그리스 군사들이 제자리를 지키지 않고 도망칠 것이라고 장담했다. 그러나 이는 사실 그리스군의 계략이었고, 크세르크세스는 함정에 걸려들고 말았다.

전령은 말을 이어 나갔다. "크세르크세스대왕은 지휘관들에게 해가 지자마자 전함을 세 개 선단으로 배치하라고 명령하고, 일부는 적군의 탈주로로 예상되는 아이아스섬에서 대기하다가 적당한 때에 공격하라고 지시했습니다."

그런데 예상한 바와 달리 그리스 군사들은 도망가지 않았다. 그들은 만반의 전투태세를 갖추고, 나팔 소리가 울려 퍼지자 용감하고 결연하게 적군을 향해 달려들었다. 단 한 번의 호령에 모두 한꺼번에 나타나 일사불란하게 움직였다. 그들 중 누군가가 외쳤다. "오, 그리스의 아들들이여, 조국을 수호하러 나가자! 이 땅의 여자와 자식을 구하고, 우리의 신전과 선조의 무덤을 지키자! 지금이 바로 최후의 결전이다!"

얼마 지나지 않아 바다는 페르시아 군사들의 시신과 선박의 잔해로 뒤범벅되었다. 해안 절벽과 해변에도 시신이 넘쳐 났다.

전령은 그 순간의 장면이 눈앞에 다시 펼쳐지는 듯 벌벌 떨면서 말했다. "단 하루 만에 그렇게 많은 사람이 죽은 적은 없었습니다. 혈기 왕성한 페르시아 젊은이들이 모두 비참한 죽음을 맞이했습니다. 아이아스섬에 있던 군대가 필사적으로 마지막 방어를 시도

했지만, 멋진 청동 갑옷으로 무장한 그리스 군사들이 선체에서 뛰쳐나왔습니다. 그들은 섬을 포위하고 퇴로를 차단한 후에 돌과 화살을 일제히 퍼부으며 공격했습니다. 크세르크세스대왕은 언덕 꼭대기의 옥좌에 앉아 그 광경을 지켜봤습니다. 대왕은 울부짖으며 자기 옷을 찢었고, 즉시 퇴각 명령을 내렸습니다."

퇴각하는 길에 많은 군사가 배고픔과 목마름에 지쳐 목숨을 잃었다. 신들이 그들에게 분노한 듯했다. 갑자기 서리가 내려 강이 얼어붙었고, 그들이 얼음판을 걸어서 건너갈 때는 뜨거운 태양 빛이 내리쬐어 강물을 녹여 버렸다. 그 바람에 또 많은 사상자가 발생했다. 신을 믿지 않던 사람들도 엎드려 간절히 기도했다. 몇 안 되는 군사만이 겨우 살아남아 고향으로 돌아올 수 있었다.

"내 꿈은 분명히 불길한 징조였습니다. 그런데도 여러분은 아무것도 몰랐군요." 태후가 원로들에게 분통을 터트렸다. "이제는 희생자들을 애도하고 내 아들을 기다리는 수밖에 없네요."

패전 소식은 순식간에 전 도시로 퍼졌다. 세력이 급격히 약해진 페르시아에 복종할 필요가 없어진 아시아 전역의 도시와 마을은 조공을 바치지 않겠다고 선언했다. 백성들은 크세르크세스대왕을 원망하기 시작했고, 제국은 위기에 처했다.

태후는 어찌할 바를 모르는 원로들에게 다리우스대제의 영혼을 불러내자고 제안했다. 현명한 삶을 살았던 옛 군주가 제국을 위기에서 구할 해답을 알려 줄지도 몰랐다.

　스물네 명의 원로와 태후는 미행하는 눈길이 없는지 조심히
살피면서 다리우스대제의 무덤으로 향했다. 그들은 둥글게 둘러서
서 손을 잡고 눈을 감은 후 점점 빨라지는 호흡으로 깊은 숨을 내쉬
었다. 그들은 다 같이 영혼을 불러내는 기도를 올렸다.

　"다리우스, 신과 같은 왕이시여, 우리의 말을 들으소서. 땅의

신과 지하의 신이시여, 그가 이승으로 나오도록 허락하소서. 위대한 왕이시여, 당신의 모습을 드러내소서!"

갑자기 그들의 발아래 땅이 흔들거렸다. 그들은 서로의 손을 더 힘껏 잡으며 눈을 질끈 감았다. 밤바다를 나아가는 배를 타고 세상의 중심을 향해 갑자기 빠른 속도로 떨어지는 듯한 느낌이 들었다. 그리고 거기, 어떤 신비스러운 지점에서 그가 나타나기 시작했다. 거대한 붉은 구름 사이로 옛 군주의 모습이 드러났다.

"오, 내 젊은 날의 충직한 친구들이여!" 다리우스의 영혼은 그를 불러낸 원로들의 얼굴을 알아보았다. "저승을 빠져나오기가 쉽지 않았네. 지하의 신들은 놓아주기보다는 붙잡기를 더 좋아하거든. 그래도 다행히 왕의 권한을 이용해서 나올 수 있었다네. 자, 이제 무슨 이유로 나를 불렀는지 말해 보시게."

"이 불행의 나락을 보기 전에 돌아가셔서 부러울 따름입니다." 태후가 울면서 말했다. "페르시아인들의 힘이 꺾여 버렸습니다! 크세르크세스와 단 몇 사람만이 살아남았죠."

"크세르크세스는 무분별한 열망에 압도당했소." 다리우스가 단호하게 말했다. "전쟁을 치러 부와 명예를 얻으려 했으니 말이오."

"요망한 사람들이 그에게 말했지요. 선대왕은 무기를 써서 막대한 부를 이루었지만, 크세르크세스는 겁쟁이라 국경 안에서만 싸우고 윗대의 유산을 전혀 늘리지 않는다고요." 아토사가 사정을 설명했다. "그런 비난을 자주 들은 탓에 크세르크세스가 결국 원정을 떠날 결심을 하고 그리스를 공격한 것입니다."

다리우스가 소리쳤다. "나는 전쟁을 일으켰지만 내 땅을 이리 파멸로 몰고 간 적은 없었소! 크세르크세스는 나의 가르침을 잊은 것이오."

다리우스는 죽은 자의 나라로 돌아가기 전에 원로들에게 두 가지를 예언했다. 그는 아직 그리스에 남아 있는 페르시아 군대의 마지막 군사들도 곧 적에게 전멸당할 것이며, 앞으로 페르시아가 그 누구에게도 전쟁을 선포하지 않고 자국의 번영에만 전념한다면 영광스러운 미래가 있을 것이라고 말했다. "이 전쟁의 대가가 어떤지 똑똑히 보고, 그리스와 아테네를 절대 잊지 마시오. 제우스는 지나치게 오만한 행동을 나무라고 엄하게 벌하신다오!" 그는 위엄을 드러내며 외쳤다. 그리고 아내에게 다정한 목소리로 마지막 인사를 전하면서, 누더기를 걸친 아들이 곧 돌아올 터이니 당장 집으로 돌아가서 그가 갈아입을 가장 좋은 옷을 준비하라고 당부했다.

원로들과 태후는 잡았던 손을 놓고 눈을 떴다. 그들은 방금 겪은 신비로운 일과 예언을 마음에 깊이 새겼다.

바로 그날, 초라하고 지친 몰골의 크세르크세스가 수사로 돌아왔다. 그는 원로들의 원망스러운 눈빛을 보자 죄책감을 느꼈다. "나는 거대한 군대를 거느렸지만 패배했습니다!"

"그리스인들은 전쟁터에서 도망가지 않습니다." 한 원로가 그

를 꾸짖었다. 그리스 군대의 용맹한 기상은 너무나 유명해서 모르는 이가 없었다. 그런데도 크세르크세스는 어떻게 그런 어처구니없는 함정에 빠졌단 말인가? 아무도 감히 묻지 못했지만, 크세르크세스는 장로들의 눈에서 실망과 의혹의 낌새를 알아챘다.

"나도 그들의 전투력이 막강하다는 것을 잘 알고 있습니다! 그러나 누군들 그토록 참담한 패배를 예상할 수 있었겠습니까?" 크세르크세스는 자신의 과오를 변명했다.

또다른, 보다 엄중한 질문이 공중을 떠돌았다. 아군은 섬멸되었고, 살아 돌아온 자가 얼마 되지 않았다. 그들은 녹초가 되었고, 심각한 상처를 입었으며, 아직도 끔찍한 공포에 사로잡혀 있다. 그런데 크세르크세스대왕은 어찌 이리 멀쩡하게 돌아왔는가? 그는 옥좌에 앉아서 전투를 지켜보기만 한 걸까? 그리고 왜 우리 군사들

을 적진에 남겨 두고 왔을까? 그들의 비참한 죽음은 불을 보듯 뻔했다. 후퇴를 숨기기 위해서 그랬던 걸까? 솔직한 대답보다는 비겁한 변명만 돌아올 것이다. 아무도 묻지 않았고, 크세르크세스도 의혹의 눈초리를 외면했다. 온 도시가 무거운 침묵에 잠겼다. 마치 두꺼운 벽을 두르고 그 뒤로 숨은 듯한 답답하고 씁쓸한 침묵이었다. 권력자들이 잘못을 뉘우치지 않고 은폐하기에 급급한 침묵이었다. 어느새 크세르크세스는 태후가 마련한 귀한 옷으로 갈아입고 옥좌에 앉아 있었다. 그는 손뼉을 치며 큰 소리로 노인들에게 성채로 가 보초를 서라고 명령했다.

아이스킬로스

사슬에 묶인 프로메테우스

그래요. 나는 이 속박에서 벗어날 거요.
정해진 운명과 일어날 모든 일에
제우스도 머리를 숙여야 할 것이오.

우리는 세상의 끝, 마지막 경계에 있다. 여기에는 큰 바위가 있다.
우리 뒤로는 산과 찬란한 대기, 빠르게 지나는 바람, 강의 근원, 끝
없이 반짝이며 일렁대는 파도, 언덕, 빙하, 나무, 사람과 개, 도시가
있다. 그 바위 너머로는 아무것도 존재하지 않는다. 아래에는 심연
으로 떨어지는 까마득한 낭떠러지가 있다. 그곳을 들여다보고 있으
면 자신이 누구인지조차 영원히 잊어버리게 된다. 시선을 위로 향
하면 깊고 무한하고 적막한 하늘만 보인다. 그 하늘 아래서 인간은

빛 잃은 별이나 바람에 날리는 티끌처럼 한순간에 부서져 사라지는 작고 초라한 존재가 된다. 정면에는 허공만 보인다. '허공'을 보는 것은 앞을 보지 못하는 것과 다르다. 눈에 먼지가 들어가거나 너무 어둡거나 밝으면 앞이 보이지 않는다. 그러나 허공을 본다는 것은 다른 차원이다. 허공은 움직이고, 팽창하고, 모든 것을 삼키고 빨아들인다. 우리를 둘러싼 허무와 세상을 파괴하는 절망을 보는 것, 이것이 바로 허공을 본다는 의미다. 그 허공을 향해 큰 바위가 솟아 있다.

바위 꼭대기에는 프로메테우스가 쇠사슬에 묶여 있다.

그는 먼 옛날 이곳으로 끌려왔다. 힘의 상징인 크라토스가 죄인처럼 그의 양손을 묶고 조롱하며 끌고 왔고, 불의 신 헤파이스토스가 망치와 모루, 집게를 들고 그들을 따라왔다.

"헤파이스토스, 이제 자네 차례야." 크라토스가 지시했다. "자네 아버지 제우스가 명령한 대로 이 악당을 바위에 쇠사슬로 꽁꽁 묶으시게."

헤파이스토스는 마지못해 작업을 시작했다. 그는 바위에 프로메테우스의 다리를 묶고, 허리를 묶고, 손목을 양쪽에 하나씩 묶었다. 그런 다음 이마에 띠를 두르고 머리를 바위에 고정했다. 그는 친척인 프로메테우스를 처벌하고 싶지 않았지만 아버지의 뜻을 어겼다간 큰일이 날 터였다. 헤파이스토스는 어쩔 수 없이 인적이 없는 황무지의 바위에 프로메테우스를 결박해야 했다. 프로메테우스는 뜨거운 태양 아래서 피부가 타들어 가는 고통에 시달릴 것이다. 그래도 밤에는 그 괴로움을 약간은 덜 수 있으리라.

"이것이 그대가 인류를 사랑한 결과일세!" 헤파이스토스는 그를 불쌍히 여겼다. "자네는 이 바위의 파수꾼이나 다름없을 걸세. 눕지도 잠을 자지도 못하고 다리를 구부릴 수조차 없을 테지. 눈물과 통곡으로 많은 나날을 보내도 소용없을 거야. 제우스의 마음은 어떤 애원에도 굽히지 않으니까!"

"잡담 그만하고 일이나 끝내게." 크라토스가 비꼬며 꾸짖었다. "제우스의 눈 밖에 나면 그 누구도 자유로울 수 없네. 그러니 프로메테우스, 이제 여기서 당신의 오만함을 마음껏 뽐내시게. 그대가 사랑하는 인간들이 고통을 달래 줄 수나 있을지 모르겠군."

프로메테우스는 며칠 전부터 입을 다물고 있었다. 말을 한들 무슨 소용이 있겠는가. 그는 싸움에서 졌고 혹독한 형벌이 내려졌다. 아무도 그를 도울 수 없었다. 그는 절망한 채 시선을 아래로 내려뜨리고는 형벌 집행자가 퍼붓는 모욕을 참고 견디려 했다. 그러다 갑자기 혼잣말을 하듯 자신의 신세를 한탄했다. "찬란한 대기와 빠르게 스치는 바람, 물줄기의 근원, 쉴 새 없이 파도가 일렁이는 바다, 만물의 어머니 지구와 모든 것을 보는 태양에게 간청합니다. 내 꼴을 좀 봐 주시오. 나는 신이지만 다른 신들이 내린 벌을 받고 있습니다. 이 고통의 끝이 있기나 할까요?"

그는 깊은 외로움과 좌절감을 느꼈다. 그러나 오래가지는 않

았다. 갑자기 머릿속에서 불꽃이 튀어 오르듯 번쩍 정신이 들었다.

프로메테우스는 고개를 들어 형벌 집행자들을 똑바로 바라보았다. 그들은 그 눈빛을 알고 있었다. 쇠사슬로도 꺾을 수 없는 저항의 눈빛이었다. 그들은 그가 두려웠다.

"내가 지금 무슨 헛소리를 하는 거지? 나는 예언자 프로메테우스야. 앞으로 일어날 일을 속속들이 알고 있지." 그의 카랑카랑한 목소리가 터져 나왔다. "나는 미래를 알기 때문에 이 역경을 기꺼이 견뎌 낼 거야."

크라토스는 서둘러 그 자리를 떴고 헤파이스토스도 그 뒤를 따랐다. 프로메테우스는 홀로 남겨졌지만 곧 누군가의 소리가 들려왔다. 물과 바다의 요정 오케아니데스가 물결의 움직임에 이끌려 그곳에 도착했다. 요정들의 목소리가 영웅에게 닿았다.

"프로메테우스, 당신을 보니 마음이 아프네요. 바위에 쇠사슬로 묶여 있다니요. 고통스러운 눈물이 우리 눈앞을 가립니다."

동정심이 가득한 자애로운 목소리였다. 그들은 티탄족 신 프로메테우스에게 어떤 이유로 끔찍한 형벌을 받고 있는지 물었다. 어쩌면 과거 이야기를 통해 그가 다시 기운을 차리거나, 이 끔찍한 사건을 끝낼 방법을 다 같이 찾을 수 있을 것이다. 그는 도대체 무슨 엄청난 잘못을 저질렀을까? 어떻게 해야 그의 고통을 덜어 줄 수 있을까? 그리고 무엇보다도, 이 고통을 끝낼 수는 있을까?

프로메테우스는 요정들의 질문에 답했다. "제우스는 세상의 지배자가 되자 신들에게 각각의 권능을 부여했소. 그는 체계적이고 신중하게 왕국의 질서를 세웠지만 인간들에게는 가혹했다오. 나를 제외하고는 아무도 그의 결정에 반대하지 않았지. 나는 헤파이스토스의 작업실에 가서 불씨를 훔친 다음 갈대 대롱에 숨겨 인간들에게 가져다주었다네. 그래서 인류는 불을 사용할 수 있게 되었지. 나는 인류를 위해 더 많은 일을 했다오. 병을 치료해 주었고, 새들의 비행을 보고 신비한 꿈을 해석하는 방법을 가르쳐 주었지. 그리고 혼란스러운 소리와 길에서 마주치는 징후들의 의미, 감정과 불화와 사랑의 의미를 알려 주었네. 나는 인간에게 동정을 베풀었다는 이유로 이처럼 동정을 받지 못하는 처지가 되었지."

"제우스의 노여움을 샀군요." 요정들은 제우스의 불같은 성격을 잘 알고 있었다.

"나는 인간이 절망의 구렁을 바라보고, 무한한 하늘에서 공허감을 느끼고, 혼돈의 소용돌이에서 허우적대는 것을 그냥 두고 볼 수 없었소. 나는 그들이 끊임없이 죽음의 운명만 생각하는 것이 가여웠지. 나는 내게 무슨 일이 일어날지 예견했지만, 그래도 제우스의 뜻을 거슬렀다네."

"그렇다면 절망하는 인류에게 어떤 처방을 내렸나요?"

"나는 폐허 속에서도 울리는 노랫소리에 귀 기울이는 법을 가르쳤다네. 그것은 꿈을 실현하게 이끄는 힘, 바로 희망이지. 이러한 이유로 나는 쇠사슬에 묶이는 혹독한 모욕을 당하게 되었소. 그러나 곧 권력자 제우스는 나를 필요로 할 것이오. 내가 그의 운명을 알고 있기 때문이지. 그는 달콤한 말로 나를 회유하거나 잔인한 협박으로 두렵게 하지 못할 것이네. 이 차가운 쇠사슬을 풀어 주기 전에는 그에게 미래의 비밀을 알려 주지 않을 셈이라네." 프로메테우스는 다시 고개를 아래로 내려뜨렸다. 그 이야기는 그를 지치게 했다. 이제 그에게는 아무런 위안도 없는 긴 고통의 시간만 남아 있었다. 그러나 프로메테우스의 명성과 그의 용기를 찬양하는 목소리가 온 땅에 퍼졌다. 신들의 왕에게 도전할 만큼 용감한 영웅의 안타까운 소식은 동정심을 유발하며 빠르게 퍼져 나갔다. 마치 세상의 마지막 경계가 세상의 중심이 된 것만 같았다. 얼마 지나지 않아 그의 외로움을 달래 주는 새로운 방문객이 찾아왔다.

벌거벗은 상체를 늠름하게 드러내고 넓은 망토를 걸친 노인이 바위 앞에 모습을 드러냈다. 머리카락 사이로 게의 두 집게발이 보였다. 바다의 신 오케아노스였다. "오, 프로메테우스, 자네를 찾아 이 극한의 바위까지 왔네. 그대의 운명이 너무나 딱해서 먼 길을 마다하지 않았지. 나는 자네를 몹시 존경한다네. 그래서 안타까운 마음에 조언을 하나 하려 하네. 그대의 노여움을 가라앉히고 이 고난에서 벗어나게! 권력이 난폭한 독재자의 손에 있을 때는 어떤 대결도 피하는 게 상책일세. 그러지 않으면 이 같은 끔찍한 처벌을 받게 된다네!"

프로메테우스는 황급히 그의 말을 막았다. "나 때문에 자네도 화를 입을까 걱정이네. 만약 여기에 온 걸 제우스가 안다면 자네도 벌할 것일세."

그는 제우스의 뜻에 굴복할 생각도, 잘못을 빌거나 충성을 맹세할 마음도 없었다. 프로메테우스가 홀로 남겨지자 요정들은 다시 그에게 묻기 시작했다. 비록 쇠사슬에 묶여 꼼짝달싹도 못 하는 상태지만 프로메테우스의 말소리는 단호하고 명료했으며, 머릿속으로는 앞으로 벌어질 일을 선명하게 그려냈다. 이따금 고통의 탄식이 흘러나왔지만 그는 질문에 답해 주었다.

"당신이 언젠가는 자유의 몸이 될까요?" 물의 요정들이 물었다.

"그래요. 나는 이 속박에서 벗어날 거요. 정해진 운명과 일어날 모든 일에 제우스도 머리를 숙여야 할 것이오. 불가피한 일에 굴복해야 할 거요."

"제우스의 통치가 영원하지 않다는 말인가요? 제우스에게 정해진 운명은 무엇인가요?"

"그대들이 알아서는 안 되오. 아직은 비밀을 밝힐 때가 아니오. 지금은 그에 관해 입을 다물 거요."

새로운 인물이 바위에 도착했다. 이번에는 뿔이 달린 어린 암소의 형상을 하고 있었다. 암소는 성가신 쇠파리에 쫓기어 떠돌다가 자신도 모르게 세상의 경계까지 오게 되었다.

프로메테우스는 그녀를 알아보았다. 제우스의 사랑을 받는 아름다운 소녀, 이오였다. 제우스는 아내 헤라의 눈을 피하기 위해 계략을 꾸미며 이오를 암소로 둔갑시키고, 자신은 황소로 변신해 자유롭게 그녀를 만났다. 그러나 끔찍한 쇠파리가 이오를 괴롭히기 시작했고, 그녀는 온갖 고난을 겪으며 끊임없이 세상을 떠돌아다녀야 했다.

프로메테우스는 자신의 비참한 상황에도 불구하고 측은한 마음에 이오의 이름을 부르며 인사했다.

"나는 극심한 굶주림 속에서 이리저리 헤매다가 여기까지 오게 되었습니다. 질투심 많은 헤라가 보낸 쇠파리에 쫓기고 있지요. 그런데 당신은 누구신가요?"

프로메테우스는 자신이 누구인지 밝혔다. 이오의 눈에는 금세 눈물이 그렁거렸다. 그녀는 자신의 고통도 잊은 채 동정심이 솟구쳤다. "누가 당신을 이 바위 꼭대기에 매달았나요?"

"제우스가 명령하고 헤파이스토스가 집행했다오."

"무슨 죄를 지었기에 벌을 받고 있나요?"

"내가 더 할 말은 없는 것 같소." 프로메테우스가 딱 잘라 말했다. 이오가 또다시 물었지만 그는 여전히 대답하지 않았다. 큰 고통을 겪고 있을 때 다시는 돌이킬 수 없는 과거를 계속 이야기하는 것은 고단한 일이었다. 그러나 침묵하면서 슬픔과 괴로움을 가슴에 묻는 것도 견디기 힘든 일이었다.

이오는 프로메테우스의 능력을 알고 있었다. 그래서 그녀는 자신의 고통이 언제까지 계속되는지, 언제쯤 이 끝없는 도주를 멈추고 안식을 찾을 수 있는지 알려 달라고 간청했다.

"차라리 모르는 게 나을 것이오."

"내 앞에 닥칠 역경을 숨기지 말아 주세요. 내가 얼마나 더 고통을 겪을지 알려 주세요. 나를 동정해서 거짓말로 위로하지 마세요. 그건 나를 더 비참하게 만들 뿐입니다!"

프로메테우스는 그녀가 겪어야 할 고통을 예언했다. 이오는 앞으로도 험난한 땅을 쉴 새 없이 떠돌다가, 아주 오랜 세월이 흘러서야 이집트에서 고난의 순례를 마칠 것이다. 그리고 그곳에서 에파포스를 낳을 것이라고 했다. 이오는 한숨을 쉬며 탄식했다. 그런 고통을 당하느니 차라리 죽어 버리는 게 낫지 않을까? 그녀는 깊은 절망에 빠졌다.

"나를 보시게!" 프로메테우스가 그녀를 위로했다. "나는 죽을 수도 없는 처지라네. 내 고통은 제우스의 권력이 무너지기 전에는 끝나지 않을 것일세."

"언제 제우스가 권좌에서 물러날까요?"

"그때가 오기를 바라는가?"

"물론입니다. 제우스 때문에 내가 시련을 겪고 있으니까요."

"그렇다면 기뻐하시게. 분명히 그리 될 터이니. 제우스는 곧 태어날 아들에게 권력을 빼앗길 것이네. 그리고 나 말고는 그 어떤 신도 그에게 운명을 피할 방법을 알려 줄 수 없을 걸세. 오직 나만이 어떤 일이 벌어질지 알고 있으니까! 그는 당당히 권좌에 앉아 천둥과 번개로 막강한 위세를 떨치겠지만 이 모든 것도 그를 재앙에서 구하지는 못할 테지!"

그때 쇠파리가 이오를 찔러 대며 마구 공격했고, 그녀는 펄쩍펄쩍 뛰며 다시 도망치기 시작했다. 요정들은 불안해하며 프로메테우스의 이야기를 듣고 있었다. 만약 예언이 사실이라면 어떤 일이 벌어질지 상상만으로도 마음이 어수선했다. 전쟁이 일어나고, 질서가 무너지고, 세상은 혼란에 빠질 것이다. 그녀들은 프로메테우스에게 목소리를 낮추고 말조심하라고 주의를 줬다. 이 이야기가 제우스의 귀에 들어간다면 더 심한 형벌에 처해질 것이다.

"나에게 제우스는 아무것도 아니오. 어디 할 테면 해 보라지. 언제까지고 신들의 왕일 수는 없을 테니!" 프로메테우스가 성난 목소리로 외쳤다.

그의 사나운 고함이 끝나기도 전에 신들의 전령 헤르메스가 그의 앞에 나타났다. 모자와 샌들에 날개를 단 젊고 잘생긴 전령은 프로메테우스의 눈을 똑바로 쳐다보면서 도전적으로 말했다. "건방진 예언자, 완고하기 그지없는 자, 신들을 경외하지 않는 자, 불을 훔친 자여! 자, 이제 제우스의 운명에 대해 털어놓게. 수수께끼 같은 말로 둘러대지 말고 하나하나 자세하게 말하라고. 내가 또다시 이 먼 길을 찾아오게 하지 말게!"

"오, 신들의 노예여!" 프로메테우스는 비난조로 말했다. "나는 이미 두 폭군이 철옹성 같은 높은 탑에서 떨어지는 것을 보았네. 그리고 세 번째도 볼 {텐}인데, 이번에는 자네의 제우스 차례네. 잘 듣게나. 나는 내 불행을 자네의 복종과 바꾸지 않을 걸세. 제우스의 충실한 전령보다는 이 바위의 노예가 되는 편이 나으니까!"

헤르메스가 그를 비웃었다. "자네는 이 형벌을 자랑스러워하는 것 같군. 왜 나를 모욕하는가? 자네가 그리 된 책임을 내게도 묻는 것인가?"

"분명히 말하지. 나는 모든 신을 증오하네." 프로메테우스가 당당하게 말했다.

"자네는 지혜롭지 못하네."

"그건 인정하지. 그러니 당신 같은 노예와 말을 섞었겠지. 이제 당장 꺼지게. 이 쇠사슬을 풀어 주지 않는 한 그 어떤 고문이나 회유도 먹히지 않을 걸세. 내가 알고 있는 비밀을 알려 주지 않을 것이라고."

헤르메스는 의아한 표정으
로 그를 바라보았다. 프로메테
우스의 몸은 쇠사슬에 묶여 꼼
짝달싹 못 하는 채로 뜨거운 햇볕
아래 치욕을 당하고 있었다. 그러나 이
티탄족 신은 굴복하지 않았다. 그는 제우스의 계획
을 말하면서 협박을 해 보기로 했다.

"신들의 왕은 무시무시한 천둥과 번개로 이 바위
를 박살 낼 걸세. 자네는 돌무더기 속에 묻혀 오랜 세
월이 흘러서야 빛을 볼 수 있겠지. 그러나 빛을 보게
되더라도 매일 제우스의 독수리가 찾아와 고깃덩
이를 물어뜯듯이 자네의 간을 쪼아 댈 거야. 잘 생
각해 보게! 오만하게 굴지 말고 신중히 처신하게나!"

프로메테우스는 헤르메스의 시선을 차갑게 외면하고는 깊은
숨을 내쉰 다음 마지막으로 경고하듯 말했다. "알고 있다네. 나는
그 모든 걸 이미 알고 있어. 내 몸은 가파른 낭떠러지 아래로 떨어
질 것이네. 허나 제우스는 절대 나를 죽일 수 없어!"

헤르메스는 어깨를 으쓱하더니 우아한 모자를 잘 눌러쓰고는
빠르게 멀어져 갔다. 이제 프로메테우스는 자신의 운명을 감수해
야 했다. 엄청난 굉음이 땅속 깊은 곳에서 터져 나왔다. 프로메테우

스는 진동이 점점 커지면서 바위를 뒤흔드는 것을 느꼈다. 제우스의 분노가 눈앞에서 터지고 있었다. 모래 바람이 거대한 소용돌이를 일으켰고, 고리 모양 불길이 하늘에서 타올랐다. 급기야 바위가 무너지면서 쇠사슬에 묶인 프로메테우스도 곤두박질쳤다.

처음에 그는 깊고 무한하며 고요한 하늘로 솟구쳤다. 그런 다음 팽창하며 빨아들이는 허공을 향해 곡선을 그리며 날아갔다. 그리고 이내 아찔한 심연 속으로, 끝이 없는 아득한 낭떠러지로 떨어졌다. 프로메테우스는 기꺼이 자신의 몸을 맡겼다. 그는 공포에 휩싸여 비명을 지르지 않았고, 가혹한 운명을 원망하지도 않았다. 그의 머릿속에서 찬란한 빛이 반짝 떠올랐다. 그것은 계시였다.

제우스의 분노가 한층 격렬하게 폭발하며 강력한 불사신의 맹위를 떨쳤다. 그러나 아무도 제우스를 두려워하지 않는 날이 올 것이다. 아무도 그의 이름을 부르며 기원하지 않는 날이 올 것이다. 시간이 지나면서 그는 까마득한 고대 신화와 옛이야기의 인물이 될 것이다. 그러나 프로메테우스는 인류의 기억 속에 영원히 남을 것이다. 그는 인간을 사랑해서 신들의 뜻을 거스른 의로운 반역자의 상징으로 남으리라.

아이스킬로스
탄원하는 여인들

무릎을 꿇어야 한다는 걸 명심해라.
너는 이방인이고 망명자이니 도움이 필요하다.
약자에게 불손한 말은 어울리지 않는 법이다.

커다란 배가 고요하고 장엄한 지중해를 나아가고 있었다. 갑판에
선 쉰 명의 소녀는 바다에서 시선을 떼지 않은 채 육지가 나타나기
를 기다렸다. 길고 검은 머리카락에 반듯한 황갈색 얼굴, 밝은 색
눈동자를 가진 소녀들은 진녹색 튜닉을 입고 있었다.

그들 중에는 노인이 한 명 있었다. 그도 수평선을 유심히 살피
고 있었다. 흑단같이 검은 피부에 잿빛 머리, 아주 밝은 눈동자를
지닌 그 노인은 바로 소녀들의 아버지 다나오스였다. 갑자기 시커

먼 구름이 몰려와 하늘에 음울한 그림자를 드리우고 차가운 바람이 세차게 물줄기를 뿌렸다. 폭풍우가 휘몰아치기 시작했다. 갑작스러운 이변에 소녀들은 두려움에 떨며 서로 꼭 붙어서 손을 맞잡았다.

그들 중 단 한 소녀만이 침착한 태도를 잃지 않았다. 그녀는 눈을 부릅뜨고서 나지막한 목소리로 중얼거렸다. "이 고약한 물들, 우리 위에서 내리는 하늘의 물, 우리 아래에 있는 바닷물. 그 물들을 더는 마시고 싶지 않아. 무사히 이 배에서 내릴 수 있기만을 바랄 뿐이야."

폭풍우가 그치자 어렴풋이 육지의 윤곽이 보였다. 한 소녀가 갑판 밑으로 내려가서 바구니를 들고 와 양털이 달린 나뭇가지를 자매들에게 하나씩 나눠 주었다. 그녀들은 나뭇가지를 움켜잡고 육지에서 잘 볼 수 있게 높이 들어 올렸다. 그것은 구조와 보호, 환대를 간절히 청하는 신호였다.

　마침내 배가 해안에 도착했다. 다나오스가 가장 먼저 배에서 내렸다. 그는 주위를 둘러보고는 생각에 잠긴 채 가만히 서 있었다. 이 땅의 주민들에게 뭐라고 말해야 할까. 지금 그의 수중에는 아무것도 없었다. 겨우 딸들만 구해서 나올 수 있었을 뿐이다. 그를 호위할 군사도, 환대에 보답하기 위한 재물도 없었다. 그러나 좌절감을 느끼지는 않았다.

　그들의 도피는 더 큰 불행을 피하기 위한 어쩔 수 없는 선택이었다. 그들의 땅에 머무는 것은 그와 딸들에게 굴복을 의미했다. 그래서 배를 타고 떠나기로 했고, 험난한 바다를 거쳐 다행히도 육지에 이를 수 있었다.

　다나오스가 외쳤다. "내 딸들아, 우리는 드디어 목적지에 도착했다. 신들의 은덕에 감사를 드리자."

　비록 와 본 적이 없는 땅이지만, 소녀들은 그곳이 낯설지 않고 편안한 마음이 들었다.

　"탄원하는 자들을 보살피는 제우스여, 우리를 굽어보고 불쌍히 여기소서." 첫째 딸이 간절히 외쳤다.

　"우리는 시리아 인근의 아름다운 우리 땅을 떠나왔습니다. 나일강 하구의 고운 모래밭을 등지고 도망쳐 나왔습니다." 둘째 딸이 하늘을 향해 목소리를 높였다. "죄를 지어 쫓겨난 게 아니라 박해하는 자들을 증오하기 때문입니다."

"맞아요." 셋째 딸이 맞받아 말했다. "우리와 강제로 결혼하려는 그 남자들을 증오합니다. 그래서 아버지 다나오스는 결혼을 거부하고 탈출하라고 조언했지요. 아버지는 최악의 상황을 피하기 위해 우리를 도와서 조상들의 고향으로 이끌었습니다."

"신들이여, 이 땅이 우리를 따뜻하게 맞이하게 하소서." 쉰 명의 소녀가 입을 모아 기도했다. "우리의 사촌인 이집트 왕자 쉰 명이 뒤쫓아 오고 있습니다. 그들이 이 해변에 발 들이지 못하게 바다로 내치소서."

한 소녀가 나지막한 소리로 웅얼거렸다. "그자들은 거친 바다에서 폭풍우를 만나 돌풍과 천둥과 번개 속에서 죽을 것이야. 우리를 붙잡아 강제로 끌고 가기 전에 죽어 버려라!"

다나오스는 함부로 나대는 딸들을 엄한 눈빛으로 나무랐다. "지금부터는 반드시 슬기롭게 처신해야 한다!" 그리고는 딸 모두를 향해 말했다. "내 딸들아, 너희는 다행히도 현명한 아버지와 함께 이곳에 왔다. 내가 믿음직한 키잡이 역할을 해 주마. 이제 육지에 도착했으니 내 말을 소중히 여겨 마음에 새기도록 해라." 다나오스가 갑자기 말을 멈추었다. 무언가가 그의 주의를 끌었다. "먼지가 일고 있어." 그는 이내 위험 신호를 알아차리며 경고했다. "저기 멀리서 창과 방패로 무장한 무리가 보이는구나. 창끝에서 번뜩이는 빛이 일렁이고 있어. 말발굽 소리도 들리는구나. 틀림없이 이 땅의 주인들일 거야. 파수병들의 보고를 받고 그들의 땅에 들어온 외지인을 확인하러 오고 있어. 이제부터 내가 시키는 대로 하거라. 모두 땅바닥에 앉아서 간청해라. 왼손에 탄원자의 나뭇가지를 경건하게 쥐고 자비를 구하거라! 정중하게 도와 달라고 청하거라. 요구하지 말고 애원해야 한다. 그들이 어찌된 사정인지 물으면 우리는 평화로운 망명을 원한다고 똑똑히 말해라. 그리고 자비를 구하거라! 겸손하고 예의 바르고 부드럽게 말해야 한다. 그들이 우리를 내칠 수 있으니 심기를 건드려선 안 된다."

소녀들은 아버지의 지혜로운 말에 고개를 끄덕였으나 그중 한 명은 반감에 휩싸였다. 그녀는 압제자들의 횡포에 맞서기 위해 무엇이든 할 각오가 되어 있었다. 그래서 목숨을 걸고 바닷길로 나서는 위험한 여정을 마다하지 않았다. 하지만 지금 아버지는 이 새로운 땅에서 누군지도 모르는 영주에게 절대적으로 복종하기를 요구하고 있었다. 다나오스는 자신을 향한 반항적인 시선을 알아차리고 그녀를 따로 불러서 말했다. "무릎을 꿇어야 한다는 걸 명심해라. 너는 이방인이고 망명자이니 도움이 필요하다. 약자에게 불손한 말은 어울리지 않는 법이다."

"소중한 조언을 명심하겠습니다. 우리 가문을 낳은 제우스여, 우리를 굽어 살피소서!" 소녀는 순종하는 시늉을 하며 아버지를 안심시켰다.

기병 무리가 해변에 도착했다. 소녀들은 바다를 등진 채 가지런히 줄지어 땅바닥에 앉았다. 기사 한 명이 말에서 내려 조용히 그녀들을 둘러보았다. 기사는 오랫동안 한 명 한 명을 찬찬히 살펴보았다. 소녀들은 겸손과 존경의 표시로 시선을 아래로 향하고 있었다. 그러나 단 한 명은 아니었다. 다른 소녀들처럼 몸을 굽혀 나뭇가지를 움켜쥐고 있었지만, 그녀의 눈에는 반항스러운 빛이 번뜩이고 있었다. 기사는 그녀에게 말을 걸기로 했다. 기사는 그녀에게 일어서라고 한 뒤 질문했다. "그대들은 우리와 다르게 생겼구려. 입

고 있는 옷도 아르고스나 그리스의 다른 도시에 사는 여인들과는 다르오. 무기나 호위병도 없이 이곳에 올 용기를 냈다니 놀라울 따름이오. 탄원자의 나뭇가지를 쥐고 있는 걸 보니 우리 관습을 알고 있다는 말이군. 이제 그대들은 누구이고 어디에서 왔는지 말하시오.”

소녀는 다나오스를 슬쩍 쳐다보았다. 늙은 왕은 질문에 대답하라는 뜻으로 고개를 끄덕였다. 그러면서 신중하고 눈치 있게 처신하라는 눈빛을 보냈다.

소녀는 대답했다. “우리가 입은 옷은 말씀하신 그대로입니다. 당신의 질문에 답해 드리지요. 그런데 먼저 당신이 누군지 알고 싶습니다. 시민인가요, 제사장인가요, 국왕인가요?”

다나오스는 어이없어 하며 손바닥으로 이마를 쳤다. 그의 당부는 딸에게 아무런 소용이 없었다.

“나는 팔라이크톤의 아들이자 아르고스의 왕 펠라스고스요. 이 땅의 산물을 먹고사는 펠라스고이족은 국왕인 내 이름을 따서 그리 불리게 되었소. 나는 신성한 스트리몬강을 경계로 해가 지는 서쪽 지역 전부를 통치하오. 내 영토 안에는 많은 지방이 있고, 그 너머에는 바다가 있소. 나는 여기 있는 모든 것을 통치하오."

다나오스는 또다시 손바닥으로 이마를 쳤다. 이번에는 더 세게 쳤다. 소녀의 거친 성격이 모두를 위험으로 몰아가고 있었다. 그녀는 그들이 머물러야 하는 나라의 국왕에게 무례하게 굴고 있었다.

펠라스고스가 다시 말했다. "이제 나에 관해 밝혔으니 그대들이 누구이고 어떤 이유로 여기에 있는지 말하시오. 그러나 알아 두시오. 이 나라는 장황한 연설을 좋아하지 않소."

"간단하고 분명하게 말씀드리지요. 우리는 아르고스 출신입니다. 암소 이오의 후손이지요. 이는 분명한 사실이고, 제 말이 그것을 입증할 겁니다."

"믿기지 않는구려. 그대들을 자세히 보니 이곳 여인들보다는 리비아 여인들과 더 닮았소. 그리고 나뭇가지 대신 활을 들었다면 아마조네스족으로 여겼을 것이오. 그대의 눈빛은 남자들을 증오하는 사나운 여전사처럼 보이니 말이오."

자매들은 그녀를 다시 제자리로 불러들이고는 그들의 가문이 어떻게 아르고스에서 유래했는지 이야기하기 시작했다. 먼 옛날부터 전해진 역사, 때로는 전설 같은 긴 이야기였다.

아르고스에는 아름다운 여사제 이오가 살고 있었다. 제우스는 그녀에게 반했고, 아내 헤라의 눈을 피해 비밀리에 만나기 위해 이오를 암소로 둔갑시키고 자신은 황소로 변신해서 그녀와 사랑을 나누었다. 그러나 헤라가 그 관계를 알게 되었고, 복수하기 위해 암소에게 끔찍한 쇠파리를 보냈다. 쇠파리는 쉬지 않고 이오를 찔러대며 괴롭혔다. 그래서 이오는 그 곤충에게 쫓기어 유럽과 아시아를 가로지르며 떠돌다가 마침내 이집트에 도착했다. 그곳에서 제우스는 그녀의 이마를 어루만지고 얼굴에 입김을 불어넣었다. 그러자 이오는 여인의 모습을 되찾았고 제우스의 아들, 에파포스를 낳았다. 그리고 이 유명한 조상에게서 이집트 왕들이 태어났다. 어느 날 에파포스의 증손자들인 아이깁토스와 다나오스가 서로 충돌했다. 다나오스에게는 쉰 명의 딸이 있었고, 아이깁토스에게는 다나오스의 딸들과 결혼하고 싶어 하는 쉰 명의 아들이 있었다. 형제간의 전쟁에서 패한 다나오스는 딸들과 탈출하기로 하고 그 목적지를 아르고스로 정했다. 결국 모든 이야기가 그곳에서 시작되었기 때문이다. 그리고 어쩌면 그 오랜 기원이 망명자들에 대한 의혹의 시선을 누그러뜨려 줄지도 몰랐다.

펠라스고스는 소녀들의 이야기를 주의 깊게 들었다. 그는 이오에 대한 전설을 알고 있었다. 따라서 이 소녀들이 여사제의 후손이라는 것을 어렵지 않게 알 수 있었다. 그래도 왕은 석연치 않은 마음이 들었다. "이해가 잘 안 되는 점이 있소. 그대들은 어떤 이유에서 결혼을 거부했소? 구혼자들은 그대들의 친척이고 결혼하면 남편이 될 사람들이오! 칼에 의해 결혼이 결정되는 것은 인간들에게 종종 일어나는 일이오. 이는 관습이나 규율인진데 어째서 도망을 쳤소?"

반항적인 소녀가 벌떡 일어나 당당하게 말했다. "나는 어느 누구의 소유도 아닙니다. 그 누구도 내가 존경하지 않는 사람을 사랑하라고 강요할 수 없습니다!"

"아이깁토스의 아들들이 요구하더라도 우리를 돌려보내지 마세요." 다른 소녀들이 간청했다.

펠라스고스는 곰곰이 생각했다. 이는 중대한 사안이었고, 서둘러 명확한 입장을 취해야 했다. 아이깁토스의 아들들이 아르고스에 온다면 어떤 일이 벌어질까? 만약 소녀들을 데려가지 못하게 한다면 즉시 전쟁이 벌어질 것이다. 저 이방인들을 구하기 위해 우리 병사들을 위험에 빠뜨려야 할까? 아르고스의 백성들은 그 선택을 어떻게 생각할까? 국왕이 마음 착한 사람이라고 생각할까, 동정심에 이끌려 실책을 범했다고 비난할까? 어찌 되든 전쟁으로 나라를 망칠 수는 없었다.

"정의의 편에 서서 싸우세요!" 소녀들은 그를 부추겼다.

"백성들과 의논하기 전에는 어떤 약속도 할 수 없소."

"당신이 나라이고 당신이 백성입니다!" 한 소녀가 외쳤다.

"당신의 권한을 막을 자는 아무도 없습니다." 다른 소녀가 덧붙였다.

"내가 그대들을 도우면 해를 입게 되오. 위험한 전쟁을 치러야 할 테니 말이오. 그렇다고 그대들의 간청을 무시하기도 힘들구려. 나는 어찌할 바를 모르겠고, 내 마음은 두렵기만 하오. 개입할까, 말까, 운명에 맡길까?"

"우리는 그 난폭한 남자들의 손아귀에 잡히고 싶지 않아요." 다나오스의 딸들이 애원했다.

소녀들의 목소리가 순간 겹치고 커지기 시작했다. 그녀들은 두려움에 사로잡혀 왕에게 다가가 도와 달라고 호소했다. 혼란을 막기 위해 기사들이 칼을 뽑아 들고 국왕을 둘러쌌다.

왕이 소리쳤다. "거듭 말하오. 백성의 동의 없이는 그럴 수 없소. 우리 백성의 입에서 이방인 여인들을 돕다가 제 나라를 망쳤다는 소리가 나와선 안 되오."

그때까지 다나오스는 대화에 끼어들지 않고 옆에서 지켜보고만 있었다. 그는 상황이 점점 혼란스러워지자 자신이 나설 때라고 생각하고는, 엄숙한 발걸음으로 해변 가운데로 가서 한 손을 높이 들었다. 그리고 주변이 조용해지자 손을 내리고 그 자리에 있는 모두를 향해 말했다. "냉정하고 진지하게 생각해야 하오. 바닷물 속에 들어가 진주를 캐는 어부처럼 밝은 눈으로 바라봐야 하오. 이 나라가 피해를 입어서도 안 되지만 우리가 전쟁의 희생양이 되어서도 안 되오. 고귀한 펠라스고스여, 잘 생각해 보게나. 우리를 구하는 게 옳은 결정이지 않겠소?"

"나는 신중히 생각하고 있소. 어떤 결정을 내리든 고통이 따를 것이오. 내가 부탁을 거절하면 그대들이 위험에 처할 것이고, 내가 전쟁을 치른다면 내 백성이 고통스러울 것이오. 나는 깊디깊은 불운의 바다에 빠졌고, 안전한 항구는 어디에도 보이지 않는구려. 내가 그대들을 외면한다면 신성한 환대의 규율을 어기게 되오."

환대의 규율은 은혜이자 의무였다. 도움을 청하는 이방인을 내치면 신들의 노여움을 사게 된다. 그리고 이방인은 자신을 받아들인 자를 존중하고 그 나라의 관습을 따르며 신을 숭배해야 했다.

펠라스고스는 그러한 의무를 저버리는 일을 상상할 수 없었다. 그는 마침내 결론을 내렸다. "내 땅을 피로 물들이더라도 탄원자들의 편에 서서 아이깁토스의 아들들과 싸우자!"

펠라스고스는 다나오스를 불렀다. 이제 신속히 대책을 세워야 했다. "당신은 탄원자의 나뭇가지를 쥐고 도심을 거쳐 신전으로 가시오. 그리고 신전 제단에 나뭇가지를 올려놓으시오. 그리하면 아르고스의 백성은 그대들이 도착해서 도움을 청하고 있으며, 두려움의 대상이 아니라는 것을 알게 될 것이오. 즉시 알리는 게 좋을 것이오. 백성은 통치자를 탓하기 마련이지만, 그대들의 정중한 간청 앞에서는 동정심을 느낄 테니까. 약자에게는 연민을 가지는 것은 마땅한 일이 아니겠소."

"나는 그대의 현명한 조치를 따를 준비가 돼 있소. 다만 내가 병사들의 호위를 받게 해 주시오. 그래야 안전하게 도시를 지날 수 있을 것이오. 나의 생김새가 아르고스 사람들과 달라서 공격을 받을 수도 있을 테니까."

펠라스고스는 병사들에게 그를 보호하라고 명령했다. 이후 다나오스가 탄원자의 가지를 제단에 올리면 집회가 열릴 것이다. 그가 그 자리에서 보호를 요청하면 대중은 자유로운 토론으로 의사를 결정한다. 그러는 동안 소녀들은 하녀들의 도움의 받으며 신성한 숲에서 기다려야 했다.

펠라스고스가 소녀들에게 말했다. "용기를 내시게. 그대들의 아버지는 조만간 돌아오실 거요. 그리고 나는 아르고스의 시민을 모아 호의적인 여론을 이끌어 내기 위해 설득할 셈이오."

모든 일이 잘되었다. 저녁이 되자 다나오스는 숲으로 와서 기쁜 소식을 전했다. 백성의 동의를 구한 것이다. 그들은 환대의 규율을 존중하기로 합의했다. 어느 날 아이깁토스의 아들들이 이곳에 와서 신부를 내어 달라고 요구한다면 아르고스인들은 그들에 맞서 무기를 들 것이다.

환희에 찬 함성이 울려 퍼졌다. 소녀들은 서로 얼싸안고 노래를 불렀다. 그리고 자비로운 신들이 있는 하늘을 향해 목청껏 감사 기도를 올렸다. 아르고스의 하녀들도 기뻐하며 행복한 장면을 지켜보았다.

한편 다나오스는 언덕으로 올라가서 바다의 모습을 주의 깊게 살폈다. 검은 배들이 빠른 속도로 다가오고 있었다. 그 배들에는 분명히 아이깁토스의 아들들이 타고 있을 터였다.

다나오스는 축제 분위기에 빠져 있는 소녀들에게 엄중한 목소리로 외쳤다. "사랑하는 나의 딸들아, 적들의 배가 보이는구나. 해안에 접근하고 있어. 가무잡잡한 피부에 흰 옷을 입은 선원들이 벌써 보인다."

소녀들은 공포와 전율에 휩싸였지만 다나오스는 능숙하게 상황을 통제했다. 그는 소녀들에게 앉으라고 말한 다음 침착하게 지시했다. "전령이나 대사가 곧 이리로 올 것이다. 물론 그자들의 의도는 너희를 납치하려는 것이다. 그러나 그런 일은 벌어지지 않을 테니 두려워하지 말거라. 내가 아르고스인들을 부르러 가면, 그들이 적의 공격을 방어할 것이다. 내가 늦더라도 이 숲을 절대 떠나지 말거라. 너희는 탄원자이고, 어린 여자들이고, 신성한 장소에 있다. 그러니 너희에게 폭력을 가한다면 신성을 세 배로 모독하는 셈이다."

소녀들은 얼마간 마음의 긴장을 풀고 가까이 모여들었다.

한 시녀가 다른 시녀에게 속삭였다. "이상한 일이야. 이집트 사람들이 있는 바다가 고요하고 잔잔해. 어쩌면 제우스가 그들을 보살피는지도 몰라. 그렇다면 여자들을 적에게 넘기는 게 옳지 않을까?"

다나오스가 가고 얼마 지나지 않아 아이깁토스의 아들들이 보낸 전령과 병사들이 들이닥쳤다. "이런, 여기 있었군요!" 전령은 한 소녀의 팔을 낚아채며 외쳤다. "어서 돌아갑시다. 그러지 않으면 폭력을 써서 끌고 가겠습니다!"

그러나 사나운 전령은 협박을 행동으로 옮기지 못했다. 곧이어 왕이 완전히 무장한 기사들과 함께 숲에 도착했기 때문이다. 엄숙한 맹세를 지키러 온 것이다.

"이게 무슨 짓이냐? 이들에게 손을 댔다간 가만두지 않겠다!" 펠라스고스가 꾸짖었다.

"손님에게 할 말은 아니군요!" 전령이 발끈하며 대들었다.

"신들을 거역하는 자는 손님으로 맞을 수 없네! 자네는 신성한 숲에서 탄원자들을 공격하고 있어. 이곳은 나의 땅이니 어서 떠나시게. 내 분노가 폭발하기 전에!"

전령은 소녀를 놓아주고는 자리를 뜨기 전에 물었다. "아이깁토스의 아들들에게 가서 이 모든 일을 전하겠소. 당신은 누굽니까?"

"내가 왜 자네에게 이름을 대야 하나? 때가 되면 자네도, 자네의 동료들도 알게 될 텐데. 그리고 자네들이 여기 여인들을 부드럽고 정직한 말로 설득해서 그들이 진심으로 원한다면 데려갈 수 있네. 그런데 자네는 무력을 써서 강제로 끌고 가려 하는군. 이 나라 백성은 여인들을 보호하기로 결의했으니 내 눈 앞에서 당장 사라지게!"

"곧 새로운 전쟁이 시작되겠군요!"

펠라스고스는 입을 꾹 다문 채 불같은 눈으로 전령을 노려보았다. 왕은 앞으로 무슨 일이 일어날지 잘 알았지만, 아르고스인들의 강한 의지도 느끼고 있었다.

그는 소녀들에게 도시의 안전한 집에서 머물라고 명했고, 시녀들이 그곳으로 안내했다. 펠라스고스는 궁전으로 돌아와서 다나오스와 앞으로의 일을 의논했다. 이제 가장 힘든 단계가 시작되었다. 아르고스인들이 손님들을 돕기로 했으니 그들의 보호자가 될 것이다. 그러나 시간이 흐르면서 또 다른 시험이 따르리라. 젊은 여

인들은 이곳 남자들의 욕망을 불러일으킬 것이다. 그리고 원주민과 다른 이주자의 외모는 잘못된 편견을 만들어 낼 수 있다. 단순히 '다르다'고 여기는 것을 넘어 그들이 '열등하다'고 생각하며, 정직하고 건전한 정신과 지식이 부족하다고 오해할지도 모른다. 소녀들은 비난의 빌미를 주지 않도록 늘 언행을 조심해야 하리라. 그렇지만 아무도 자신의 결정을 바꾸지는 않을 것이다. 그러니 우선은 이제 피할 수 없는 충돌을 대비해야 한다.

그 이후 무슨 일이 벌어졌는가? 전쟁에서 누가 이겼는가? 승자를 가리기 위해 얼마나 많은 생명이 희생되었는가? 우리는 알지 못한다. 이야기는 여기에서 멈춘다. 어쩌면 아르고스인들은 이집트인들을 물리치고 바다로 내쫓았을 것이다. 그렇다면 탄원자들은 구원되어 아름다운 아르고스에서 평화롭게 살아갔으리라. 어쩌면 아이깁토스의 아들들이 전쟁에서 승리하여 다나오스의 딸들을 노예로 끌고 갔을 것이다. 그리하여 딸들 중 한 명은 아프리카로 향하는 배에서 반란을 일으켜 적들을 바닷물에 빠뜨렸을 것이다. 오, 어쩌면 그녀들은 결혼식 날까지 굴복한 척하며 온순한 모습을 보였으리라. 그러다가 혼인 잔치가 끝나고 배우자와 단둘이 침실에 있을 때 제 손으로 자유를 되찾으려 할 것이다.

그녀들은 남편의 가슴에 차가운 칼날을 꽂기 전에 속삭일 것이다. "나는 어느 누구의 소유도 아니다. 그 누구도 내가 존경하지 않는 사람을 사랑하라고 강요할 수 없어!"

오이디푸스왕

범인을 찾아서 추방해야 합니다!

나는 그곳에 영원히 있고 싶었다. 고요하고 부드럽고 안전한 세계에서. 저 아래, 그 안은 얼마나 평화로운가! 눈을 감고 가만히 있기만 해도 잠시 뒤에 나는 시간을 초월한 짙은 어둠 속을 자유롭게 떠다녔다. 그래, 정말이지 나는 따뜻한 침대와 이불 속에 영원히 있고 싶었다. 잠보다 더 좋은 게 있을까? 꿈은 꾸지 않아야 한다. 어머니 배 속에 있는 태아처럼 완전한 잠을 즐겨야 하니까. 매일 밤 나는 하루의 고단함과 내 이름마저 잊으려 하면서 행복한 보금자리로 들어갔다. 물론 내 이름을 잊기란 쉽지 않다. 내 이름은 오이디푸스, '부은 발'이라는 뜻이다. 별로 좋은 이름은 아니지만 실제로 내

발이 꽤 큰 데다 걸을 때 약간 절뚝거리기 때문에 그리 불리게 되었다. 그러나 잠자는 동안은 그렇지 않다. 잠잘 때 내 발은 부어 있지 않고 절뚝거리지도 않는다. 나는 이름이 없다. 자궁이나 호두 껍데기 안처럼 따뜻하고 부드럽고 어두운 곳에서 마음껏 자유를 누릴 뿐이다. 오, 적어도 마법이 완전히 풀리는 아침까지는 늘 그러했다. 그런데 어느 날 밤 톡 쏘는 향냄새가 방으로 스며들더니 이내 여러 사람이 한탄하는 소리가 들렸고, 그 바람에 나는 달콤한 잠에서 깨고 말았다.

"오이디푸스, 이 나라의 왕이시여!" 비통한 소리가 들려왔다.

나는 베개 밑에 머리를 파묻었지만 그 소리는 더욱 커졌다. 나는 곧 무의식의 세계에서 각성 상태로 돌아왔다. 그래서 침대에서 일어나 흰 망토를 걸치고 도시의 방어벽처럼 높은 왕관을 쓰고서 군중 앞에 모습을 드러냈다. 백성은 일제히 나에게 고개를 숙였다. 남녀노소는 모직 술을 단 탄원자의 나뭇가지를 쥐고 있었다. 그들은 나를 만나기 위해 거기 모여 있었다. 나에게 탄원하고 있었다.

"오이디푸스, 우리의 왕이시여!" 세월의 흔적이 묻어나는 깡마른 얼굴의 사제가 외쳤다. "보시다시피 당신의 나라는 거친 파도에 휩싸인 배와 같습니다. 심연으로 가라앉기 직전입니다."

몇 시간 동안 은혜로운 잠이 숨겨 주었던 현실이 불현듯 떠올랐다. 지금 나라는 위험에 처해 있다. 얼마 전부터 무서운 전염병이 돌기 시작했다. 병에 걸린 사람은 몸 전체에 검푸른 반점이 생기고 사타구니와 겨드랑이가 이상하게 부어오른다. 대개 이러한 증상이 시작되고 사흘 만에 목숨을 잃는다. 전염병은 마른풀에 불이 붙듯 걷잡을 수 없이 빠르게 퍼졌다. 사람들이 죽어 이승의 집이 비어 갔고 저승은 흐느낌과 비탄으로 가득 찼다. 끔찍한 질병은 테베의 백성에게 어떤 범죄에 대한 형벌을 내리는 것 같았다.

"내가 어찌하면 되는가? 여러분의 탄식을 모른 척한다면 무신경한 왕일 것이오." 나는 인자한 목소리로 물었다.

"오, 전능한 군주여, 또다시 이 나라를 구해 주소서!" 사제가 간절히 청했다.

이 나라의 백성은 내가 그 질병을 몰아낼 수 있으리라고 생각할 만큼 나를 전적으로 믿는다. 그러나 내가 가진 능력은 단 하나, 기발한 재치다. 나는 수수께끼를 잘 푼다. 그러한 능력 덕분에 나는 스핑크스를 물리치고 이 나라를 구할 수 있었다. 오래전 내가 아주 젊었을 때의 일이다. 긴 여행을 마치고 테베에 막 도착한 나는 곧 여자의 얼굴에 사자의 몸통, 새의 날개가 있는 동물을 만나게 되었다. 그 기이한 동물 스핑크스는 나그네들에게 어려운 수수께끼를 냈고, 그 문제를 맞히지 못하면 잡아먹었다. 테베인들은 두려움에 떨었고, 수수께끼를 푸는 자에게 큰 보상을 하기로 했다. 수수께끼를 푼 자는 테베 왕국과 얼마 전 미망인이 된 왕비 이오카스테를 차지하게 되었다.

"아침에는 네 발로 걷다가 낮에는 두 발로 걷고, 저녁에는 세

발로 걷는 짐승은 무엇이
냐?" 스핑크스가 나그네들에게
던진 수수께끼는 바로 이것이었다.

"그것은 사람이다!" 나는 자신 있게 외
쳤다. "아기일 때는 네 발로 기어 다니다가
크면 두 발로 걷고, 늙어서는 지팡이를 짚기 때
문이다."

내가 정답을 맞히자 스핑크스는 수치심을 견디지 못하고
높은 절벽으로 올라가서 떨어져 죽었다. 테베는 자유를 되
찾았고, 나는 그 대가로 왕이 되어 선대왕 라이오스의 아
내였던 이오카스테와 결혼했다. 우리는 네 명의 자식을

두었다. 두 아들 에테오클레스와 폴리네이케스, 두 딸 안티고네와 이스메네다. 나는 첫날부터 침착하고 공정하게 다스렸고, 내 통치 아래 나라는 번성하였다. 백성은 나를 가장 뛰어난 통치자로 여겼다. 모든 것이 순조로웠기에 나는 할 일이 줄어들어 느긋하게 시간을 보내는 날이 많아졌다. 그런데 갑자기 전염병이 발생한 것이다. 테베는 또다시 위기를 맞았다.

"과인은 손 놓고 구경만 하지 않았다오." 나는 군중을 향해 말했다. "고심 끝에 내린 대책을 수행하고 있소."

나는 오랫동안 고민한 끝에 결론을 내렸다. 전염병은 우연한 사건이 아니다. 아마도 테베인들이 저지른 중대한 범죄로 인해 신이 벌을 내리고 있는 것이다. 그런데 어떤 범죄가 일어났고, 누가 그 죄를 지었을까? 한 사람일까, 아니면 공동체 전체일까? 우선 어떤 신이 무슨 이유에서 징벌을 내리는지 알아내야 했다. 나는 백성이 힘을 내도록 격려했다.

"나는 내 아내 이오카스테의 형제인 크레온을 아폴론 신전이 있는 델포이로 보냈소."

아폴론 신전에는 신들의 뜻을 풀이하고 신비를 밝히는 여사제 피티아가 머물고 있다. 그 사제만이 이 위급한 사태의 해결책을 찾도록 도와줄 수 있다. 내 말이 다 끝나기도 전에 군중이 두 갈래로 갈라졌다. 그 사이로 델포이에서 막 돌아온 크레온이 보였다. 그는 내게 조용히 따로 이야기하고 싶다고 했으나 나는 모두가 보는 앞에서 거리낌 없이 말하라고 명령했다. "아폴론 신은 이 땅에서 병을 일으키는 것을 몰아내고 더는 키우지 말라고 명하십니다. 이 병에 치료약은 없습니다." 그는 사제가 한 말을 인용하며 보고했다. 그리고 덧붙여 한 마디 했다. "우리는 범인을 찾아서 추방해야 합니다!"

그러니까 내 생각이 맞았다. 어쩌면 살인을 저질렀을지도 모르는 범죄자가 테베인들 사이에 보호를 받으며 숨어 있다. 그런데 어떤 범죄란 말인가? 테베에서 해결하지 못한 사건이 있던가?

"왕이시여, 당신이 오기 이전에 이 땅은 라이오스왕이 다스렸습니다." 크레온이 차분히 설명했다.

"들어는 봤으나 내가 직접 본 적은 없소."

"신탁은 선왕의 살인자들을 처벌하라고 하십니다. 그들은 우리나라에 있으니 마음먹고 찾는다면 잡을 수 있습니다. 그러나 우리가 그들을 잡으려 들지 않는다면 달아나고 말 것입니다." 크레온이 단호하게 말했다.

군중은 긴 한숨을 내쉬었다. 누군가는 머리를 치며 애통해했다. 어찌 잊을 수 있겠는가! 선왕 라이오스는 살해되었고 범인은 잡지 못했다. 이제 그 사건은 진실과 처벌을 요구하고 있다. 나는 예전에 들은 이야기를 어렴풋이 떠올렸다. 그 불행한 사건을 주의 깊게 살피지 않았다는 생각에 부끄러운 마음이 들었다. 나는 당시 정황을 잘 알고 있는 크레온에게 몇 가지를 물었다.

"라이오스가 어디에서 변고를 당했는가? 도시인가, 들판인가? 아니면 다른 나라인가?"

"신탁을 구하러 갔다가 집으로 돌아오지 못했습니다." 크레온은 지체 없이 대답했다.

"그와 동행한 신하들은 없었는가? 현장을 목격한 증인이 있다면 우리에게 정보를 줄 수 있지 않겠나."

"모두 죽었습니다. 겁에 질려 달아난 한 명만 빼고는요. 그가 아는 건 딱 한 가지밖에 없다고 했습니다."

"그게 무엇인가? 단 하나의 단서라도 많은 것을 드러낼 수 있네. 희망의 작은 불씨를 건질 수 있다네."

"그는 산적들이 습격했고, 한 사람이 아니라 여럿에게 죽임을 당했다고 증언했습니다."

"그런데 어째서 제대로 수사를 하지 않았나?" 나는 추궁하듯 물었다.

"그 당시 스핑크스가 큰 화근거리였고, 거기에만 온 신경이 곤두서 있었습니다."

테베인들은 두려움 때문에 의무를 소홀히 했던 것이다. 나는 스스로에게 맹세했다. 무슨 수를 써서라도 진실을 밝히고, 범인이 누구든 간에 반드시 처벌하겠다. 결국 라이오스를 죽인 그 손이 나 또한 공격할 테니 말이다.

나는 마지막으로 백성에게 진실을 찾는 데 힘을 보태라는 명령을 내렸다. "누구든 라이오스의 살해범을 아는 사람은 나에게 낱낱이 아뢰시오! 그리고 범행의 당사자는 떨지 말고 실토하시오! 다른 처벌은 내리지 않고 이 나라에서 추방하는 것으로 그칠 것이오. 끝으로 아무도 범인을 돕거나 숨기지 마시오. 그자와 말 한 마디도 섞지 말기를 명령하오!"

그때 군중 사이에서 누군가가 의문을 제기했다. "아폴론 신이 이 나라에 몹시 분노했다면 왜 신이 살인의 책임자를 직접 처벌하지 않나요?"

"그 또한 신의 뜻이오. 신이 원치 않는 일을 인간이 강요할 수는 없소."

그 일은 비범한 재능을 지녔지만 필멸의 존재인 나에게 해당되었다. 나는 한순간도 지체하지 않고 진실을 밝혀야 했다. 그 범인은 어디에든, 심지어 내 집에도 있을 수 있었다.

나는 백성을 해산시킨 뒤 예언자 테이레시아스를 불렀다. 그는 눈이 멀고 많이 늙기는 했지만 강인한 정신력으로 시간을 초월해서 볼 수 있었다. 나는 그가 궁전에 도착했을 때 한껏 예를 갖추어 맞이했다. 그리고 곧장 본론으로 들어가 질문을 던졌다. "테이레시아스, 당신은 눈이 보이지 않아도 지금 이 나라에 닥친 재앙을 알고 있을 것이오. 우리가 전염병에서 벗어나려면 아폴론의 뜻을 받들어 라이오스의 살해범들을 영토 밖으로 몰아내야 한다오. 자네 자신과 나라를 구원해 주시게! 그리고 나도 구해 주시게. 인간의 가장 갸륵한 공로는 타인을 이롭게 하는 것이라네. 그러니 말해 주시오. 누가 살인자인지!"

"날 보내 주시게." 예언자가 퉁명스럽게 대꾸했다.

나는 그의 불손함에 화가 치밀었다. "어찌 감히 협력을 거부하는가? 돌덩이도 노여워할 것이오!" 나는 냅다 소리를 질렀다.

"일어나야 할 일은 어쨌든 일어날 것이오."

"그렇다면 어떤 일이 벌어질지 말해 주시게." 나는 고집을 피웠다.

"더는 말하지 않겠소. 원한다면 얼마든지 분노를 터뜨리시오. 어서 날 보내 주시게." 테이레시아스는 딱 잘라 말하고는 팔짱을 낀 채 가만히 서서 내 허락이 떨어지기를 기다렸다.

나는 그에게 가까이 다가가서 귓속말을 속삭였다. "내가 무슨 생각을 하는지 아는가? 자네가 살인자라는 의심이 드네. 아니, 손에 피를 묻히지 않고 범행을 모의했겠지. 아마 앞을 볼 수 있었다면 직접 칼을 들었을 테지만!"

예언자는 당황하지 않고 말했다. "내가 살인자라고 확신하시오? 그렇다면 나를 추방하시게. 그리고 전염병이 사라지는지 어디 지켜보시오."

그의 당당한 태도에 내 마음이 혼란스러워졌다. 그쯤에서 멈춰야 했을지도 모른다. 그러나 나는 계속해서 대답을 강요했다. 나는 그에게 모욕을 퍼부으면서 감정을 자극했다. 급기야 테이레시아스는 굴복하고 입을 열었다. "오이디푸스, 이 땅을 더럽힌 건 바로 자네라네. 나는 일체 함구하려 했으나 자네의 강요에 못 이겨 밝히게 되었군."

"무슨 소리인가? 당최 이해할 수 없네." 나는 놀라서 말을 더듬거렸다.

"당신이 찾고 있는 살인자가 바로 당신이라는 말이오."

그것은 매우 위험한 발언이었다. 국왕을 함부로 모함하는 자는 처벌을 받고 사형에 처해질 수도 있다. 테이레시아스는 그것을 잘 알면서도 나를 범인으로 지목한 것이다. 나는 곰곰이 생각해 보았다. 라이오스 살해범에 대해 내가 확실히 아는 사실이 한 가지 있었다. 그는 한 사람이 아닌 여럿에게 살해되었다는 것이다. 그렇다면 그 범인이 나일 수 있겠는가? 갑자기 모든 상황이 분명해졌다. "자네는 크레온과 함께 왕좌를 차지하기 위해 나를 내몰려고 하는군!"

역모의 주동자는 나의 처남 크레온일 것이다. 아마도 그는 피티아에게 가지 않고 배반의 음모를 꾸몄을 것이다. 그리고 예언할 줄 모르는 저 예언자가 그에게 동조했으리라. 테이레시아스에게 정말 예지력이 있다면 어째서 스핑크스로부터 나라를 구하지 못했는가? 스핑크스를 물리친 것은 나의 비범한 재능이었다. 그때 나는 아주 어렸고, 나라의 상황을 전혀 몰랐으며, 앞일을 헤아리는 능력도 없었다.

예언자는 단호하게 반박했다. "그대가 왕일지라도 내게는 반박할 권리가 있소. 나는 그대가 아니라 아폴론 신을 섬기는 종이니까. 자네에게는 시력이 있지만 자신의 불행을 보지 못하고, 게다가 어디서 살고 누구와 사는지도 깨닫지 못하고 있네. 자네가 누구의 아들인지 아는가? 그 어떤 인간도 자네보다 불행한 최후를 맞진 않을 걸세. 내 말이 거짓이라면 날 무지한 예언자라고 부르게나!"

나는 심장이 몹시 두근거리고 이마가 화끈거리고 손이 떨렸다. 보이지 않는 채찍에 맞은 것처럼 몸이 움찔거렸다. 나는 하루라도 빨리 라이오스를 죽인 범인의 이름을 알아내야 했고, 이제는 나를 향한 크레온의 음모도 저지해야 했다. 나는 예언자를 난폭하게 밀치며 돌려보냈다. 크레온을 법정으로 소환할 필요도 없이 그날 그가 제 발로 나를 찾아왔다. 나의 비난 소리가 그의 귀에 닿아서, 내가 자신을 모함한다고 여기며 분노에 차서 한달음에 달려온 것이다.

"당신은 내 누님을 아내로 맞아들여 그녀와 함께 이 땅을 다스리고 있습니다." 그는 정색을 하며 따지듯이 말했다. "나는 왕이 될 마음이 없지만 현명한 사람이 그러하듯 왕이나 다름없이 살기를 바랍니다. 지금 나는 큰 수고를 들이지 않고도 원하는 모든 것을 당신에게서 얻고 있지요. 그러나 내가 만약 왕이라면 원치 않는 많은 일을 해야 하겠죠."

그의 변론이 내 신경을 건드리기 시작했다. 그도 테이레시아스도 내게 아무런 존경심 없이 말했다. 무엇보다도 그들은 내 생각을 정리하는 데 방해가 될 뿐이었다.

"내가 피티아에게 간 것을 의심하시나요? 그렇다면 직접 가서 확인하세요. 그리고 내가 정말 예언자와 함께 어떤 음모를 꾸몄다면 내 목을 치시지요. 내가 역모를 꾀했다면 나 또한 내 죽음에 기꺼이 한 표를 던지겠습니다."

"널 죽이는 건 내 결정만으로 충분해." 나는 그의 말을 단호하게 잘랐다. "자네는 어떤 경우에도 나에게 복종해야 하네."

"나는 명령할 줄 모르는 자에게는 복종하지 않습니다!"

그 순간 이오카스테가 나타나지 않았더라면 나는 칼을 뽑았을 것이다. 내 아내 이오카스테는 고전적인 아름다움을 지닌 미인이었다. 가느다란 얼굴을 감싼 검고 긴 머리카락은 이마와 관자놀이 부위가 희끗해지기 시작했다. 그녀는 내 배우자가 되기 전에 라이오스의 아내였기에 오래전부터 능숙하게 권력을 행사했다. 그녀는 나의 조언자이자 최고의 친구로, 인생과 정치의 동반자였다. 내게는 그 무엇과도 바꿀 수 없는 존재였다. 이오카스테는 나와 크레온이 격하게 다투는 모습을 보고 엄한 목소리로 말했다. "온 나라가 전염병으로 괴로워하는데 여기서 다툼이나 벌이는 게 부끄럽지 않나요?"

"내가 라이오스의 살해범이라고 하지 않소. 이 터무니없는 누명을 씌우려고 크레온이 내게 사악한 예언자를 보냈단 말이오." 나는 변명했다.

이오카스테는 동요하지 않았다. 그리고 크레온이 물러나고 단둘이 있을 때 나를 위로하며 안심시켰다. "예언자도 사람이니 실수가 있는 법이지요. 나도 그런 일을 겪은 적이 있답니다. 옛날 라이오스는 아들의 손에 죽을 운명이라는 예언을 받았지요. 그래서 그는 생후 사흘밖에 안 된 아들을 깊은 산속에 버렸어요. 그는 그런 식으로 살아남아 아들이 극악무도한 범죄를 저지르지 않게 했습니다. 그런데 라이오스는 아들이 아니라 산적들의 습격을 받고 살해되었어요. 델포이와 다울리스 사이에 난 갈림길에서 말이에요."

갑자기 숨이 턱 막혔다. 나는 그 장소를 알고 있었다. 불길한 예감이 머릿속을 맴돌았지만 정신을 가다듬고 질문을 던졌다.

"그때 라이오스는 어떤 모습이었소?"

"키가 크고 백발에…… 당신과 크게 다르지 않게 생겼어요."

"그날 그가 혼자 있었소, 아니면 왕의 신분에 걸맞게 수행원들이 있었소?"

"모두 다섯 명이 있었지요."

"당신에게 누가 이런 걸 알려 주었소?"

"한 하인이 말해 줬어요. 그는 다섯 중 유일한 생존자였지요. 이후 궁전으로 돌아와서 라이오스가 죽고 당신이 왕좌에 오른 걸 보고는 도시에서 아주 멀리 떨어진 들판으로 가서 양 떼를 돌보게 해 달라고 내게 간청했지요."

고통스러운 감정이 북받쳐 올라 목이 멨다. 나는 황급히 이오카스테의 손을 잡고서 그때까지 마음속으로만 간직했던 내 이야기를 들려주었다. 나는 오래된 비밀을 얼른 털어놓으려는 듯 단숨에 말했다. "나는 코린토스의 통치자 폴리보스와 메로페의 아들로 태어났소. 그런데 어느 날 연회에서 술 취한 남자가 나에게 다가오더니 내 아버지는 폴리보스가 아니라고 말하는 거요. 나는 화가 치밀어서 때리고 싶은 충동을 간신히 억눌렀다오. 다음 날 부모님에게 가서 그 말이 사실인지 물어보았소. 그분들은 얼토당토아니한 소리라며 몹시 분노하면서 나를 안심시켰지만, 그 생각이 머릿속에서 떠나지 않았다오. 그 이후 나는 델포이의 신전에 가서 신탁을 구했을 때 끔찍한 예언을 들었소. 내가 나를 낳아 준 아버지를 살해하고 어머니와 짝이 되어 자식을 낳아 그 저주받은 가문을 이어 간다는 것이오!"

그 이야기는 나를 힘들게 했다. 그러나 목소리가 갈라지고 이마에서 땀이 흘러도 나는 쉬지 않고 말을 이었다. "나는 예언이 성취되는 것을 막기 위해 내 나라를 떠났소. 이곳저곳을 떠돌다가 당신이 앞서 말한 그 갈림길에 다다랐지. 당신에게 모든 진실을 밝히겠소. 그날 나는 전속력으로 달리던 마차를 맞닥뜨렸는데 나를 거의 칠 듯이 지나쳐서 화가 났소. 게다가 한 노인이 마차에서 몸을 내밀어 채찍으로 나를 때리기까지 했지. 결국 나는 분노를 주체하지 못하고 노인과 다른 일행 셋을 죽여 버렸소. 지금 나는 그 노인이 라이오스일 거라는 생각이 드오. 그렇다면 나는 내가 찾고 있는 살인자요. 라이오스의 침대에서 그의 아내와 함께 잠드는 파렴치한 이오. 그렇다면 나는 유배를 떠나야 하는데, 내 고향 코린토스로 돌아갈 수도 없소. 그랬다간 내 부모와 관련된 끔찍한 예언이 실현될지도 모르오."

이오카스테는 당황하는 기색 없이 침착한 모습이었다. 그날 사건의 유일한 생존자는 라이오스가 한 사람이 아닌 여러 명에게 살해되었다고 분명히 말했다. 나는 그 남자를 찾아내 진실을 확인해야 했다. 그런데 신하들에게 그자를 데려오라는 명령을 내리려던 참에 한 전령이 내 앞에 나타났다. 그는 코린토스에서 왔으며 내가 그 나라의 왕이 될 것이라는 소식을 전했다. 내 아버지 폴리보스가 죽었다.

"누가 반역을 꾀했는가, 아니면 질병으로 돌아가셨는가?" 나는 전령에게 물었다.

"그런 것이 아닙니다. 고령자는 작은 충격으로도 죽음에 이르지요. 노환으로 별세하셨습니다."

"왜 우리가 예언자들에게 앞일을 묻는지 모르겠네." 나는 안심하며 말했다. "그들의 말에 따르면 나는 내 아버지를 죽였어야 했소. 그런데 이제 그는 죽어서 땅에 묻혔고 나는 칼에 손을 대지도 않았소. 나에 대한 그리움이 아버지를 죽였다면, 그렇다면 내가 그 죽음의 원인이 될 순 있겠지."

그러니까 예언은 틀렸다. 나는 안도감에 행복을 느끼며 이오카스테를 강하게 끌어안았다. 그리고 전령에게 속 얘기를 털어놓았다. 나는 내 나라와 가족을 해칠까 두려워 멀리 떠나야 했던 델포이의 신탁을 들려주었다.

"그렇다면 쓸데없는 걱정을 하셨군요." 전령은 내 마음이 편해질 거라 믿으며 말했다. "그들은 당신의 가족이 아니었습니다. 당신과 코린토스의 왕은 혈연관계가 아니니까요. 나는 젊을 때 산에서 양치기를 했습니다. 그런데 어느 날 라이오스왕의 하인이 와서 내게 사내아이를 건네주었지요. 그는 나무에 거꾸로 매달린 아이를 그냥 둘 수 없었다고 했어요. 나는 그 아이를 폴리보스왕에게 데려갔고 왕은 기뻐하며 아들로 삼았습니다. 그 아이가 바로 당신입니다. 부당한 고문의 흔적이 남아 있는 당신의 두 발과 오이디푸스라는 이름이 이를 말해 주고 있죠."

나는 불안한 눈빛으로 이오카스테를 바라보았다. 그녀는 내 감정을 이해하고, 여태 들어 본 적 없는 의기소침한 목소리로 내게 말했다. "당신의 안녕을 생각해서 더 이상은 수사하지 마세요! 어쩌면 당신이 누군지 절대 알 수 없을 거예요!"

그녀는 가까스로 눈물을 참으며 서둘러 자리를 떴다. 나는 공허함과 외로움을 느꼈다. 조사가 진행될수록 내 앞에는 끔찍한 그림이 그려졌다. 범인의 얼굴을 상상해 보려 하니 그 이미지가 점점 더 나를 닮아 갔다. 어떤 기분이 내 마음에서 요동쳤는지 기억나지 않는다.

　나는 전령이 말했던 라이오스왕의 하인을 찾아냈다. 나는 그를 어르고 윽박질러서 진실을 말하게 했다. 이제는 아주 늙어 버린 그 남자는 당시 상황을 낱낱이 들려주었다. 당시 그에게 갓난아기를 건넨 이는 라이오스가 아니라 이오카스테였다. 그녀는 숲에서 아이를 죽이라고 명령하며, 그러지 않으면 아이가 커서 부모를 죽일 것이라고 말했다. 남자는 그 아이를 불쌍히 여겨 폴리보스왕의 측근에게 넘기기로 했다. "그렇게 다른 땅에서 자라면 예언이 실현되지 않을 것이라고 생각했습니다."

　나는 하늘을 올려다보았다. 하늘은 고요하고 온화하고 무심해 보였다. 아직도 선명하게 보이는 둥근 태양이 저 멀리서 지고 있었다.

　"오, 이것이 정녕 마지막 빛은 아닐 테지요?" 나는 혼잣말을 했다.

　나는 내가 찾던 범인이었다. 수사관과 범인이 동일 인물이었다. 살인 현장을 목격한 하인은 왕좌에 오른 나를 보고서 두려운 마음에 한 명이 아니라 여러 명이 왕을 살해했다고 거짓말했다. 그런데 국왕 살해는 내가 저지른 최악의 범죄가 아니었다. 나, 오이디푸스는 아버지를 죽이고 어머니와 결혼했다. 인간이 상상하기 힘든 끔찍한 범죄를 저질렀다. 모든 일은 내가 깨닫지 못한 사이에 벌어졌다. 나는 코린토스를 떠나면서 위험에서 벗어났다고 믿었지만 사실은 저주스런 운명을 따르고 있었다. 신탁의 예언을 피하려고 할수록 나도 모르게 그 예언을 하나하나 실행하고 있었다. 이오카스테는 나보다 먼저 모든 것을 이해했을 것이다. 나는 그녀의 방으로 달려갔다. 너무 늦었다. 그녀는 스스로 목숨을 끊었다. 나도 그녀를 따라 죽고 싶었지만 그것은 나에게 너무 간단한 선택이라는 생각이 들었다. 죽음으로 죗값을 치르면 더 이상 고통을 받지 않으리라. 나에게는 그럴 자격이 없다. 나는 스스로에게 가혹한 형벌을 내려야 한다고 생각했다. 바로 내 눈을 찔러 맹인이 되는 것이었다. 나는 모든 빛을 잃고 절대적인 어둠과 정지된 시간, 끝없는 공포의 장소로 뛰어들어야 마땅했다. 그리고 이제 내 눈에 아름다운 것이 없는데 눈앞이 보여 봤자 무슨 소용이겠는가? 자식들의 모습도, 도시의 멋진 풍경도 나를 기쁘게 하지 못할 것이다. 더구나 내 죄를 알고도 멀쩡한 눈빛으로 백성을 마주할 수 있겠는가? 내가 목숨을 부지하기로 마음먹은 것은 오로지 여생 동안 죗값을 치르기 위해서이다. 나는 내 눈을 찔렀고, 극심한 고통의 비명을 내질렀다. 내가 저지른 죄에 대한 고통, 이오카스테의 죽음에 대한 고통, 영원히 닫아 버리기로 한 눈의 고통이 한꺼번에 밀려왔다.

내 비명을 듣고 사람들이 궁전으로 몰려들었다. 나는 크레온을 따로 불러서 말했다. "나를 당장 이 땅에서 내쫓아 주게. 인간이 나를 보거나 말을 걸 수 없는 곳으로!"

그리고 내 딸들에게 자비를 베풀어 달라고 간곡히 부탁했다.

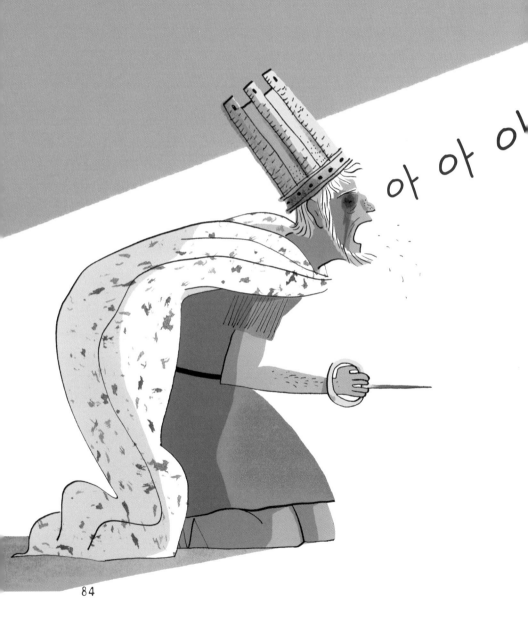

아 아 아

아 아 아 ─

그 아이들은 내 잘못에 책임이 없지만 이제까지와는 다른 대우를
받을 것이다. 군중은 하나둘 물러나기 시작했다. 나를 향한 그들의
마지막 시선이 존경인지 혐오인지 모르겠다. 다행히도 나는 그들의
눈을 볼 수 없었다. 어쩌면 그러한 이유에서 나는 눈을 멀게 했는지
도 모른다. 그들의 얼굴에서 나에 대한 판단을 읽고 싶지 않았다.
도시에는 무거운 침묵이 감돌았다. 군중 사이로 누군가의 목소리가
선명하게 들려왔다. 그 소리는 모든 사람에게, 아니면 그 자신에게
말하고 있었다. 나는 매일, 어두운 세상을 헤매고 있는 오늘도 그
소리가 들리는 듯하다. 그럴 때마다 나는 얼어붙은 듯이 멈춰 서서
가만히 듣는다.

　"여기 유명한 수수께끼의 해결사이자 가장 막강한 인간인 오
이디푸스가 있소. 모두가 그의 성공을 부러워했지요. 하지만 지금

그를 덮친 지독한 불행의 회오리바람을 한번 보시오!"

연민과 조롱이 오가는 그 목소리는 한숨 섞인 마지막 말을 남겼다. "필멸한 인간이여, 삶이 종말에 이르기 전까지는 자신의 행복을 자랑하지 마시오."

죽음의 순간에 인생을 회고하기 전에는 한 사람의 인생이 행복한지, 그렇지 않은지 장담할 수 없다. 나는 왕이 되어 명예를 누렸지만 결국 행복한 삶을 살지 못했다. 나는 긴 지팡이를 쥐고 아주 오랜만에 다시 여행길을 나섰다. 불현듯 스핑크스의 수수께끼가 생각났다. 나는 인생의 황혼기에 이르렀고, 지친 동물처럼 세 발로 걸으며 종말을 향해 나아가고 있다.

소포클레스
안티고네

그래, 나는 불가능한 일을 하려고 해.
지쳐 쓰러질 때까지 그만두지 않을 거야.

무슨 일이 있어도 태양은 뜨고 지고, 달과 별은 하늘 공간을 자랑스럽게 차지한다. 그리고 지상의 사람들은 하늘을 올려다보며 또 하루가 끝난 것을 신기해하고, 내일은 오늘보다 나은 하루가 되기를 희망한다. 아마도 오이디푸스는 자기 눈을 찔러 그 부드러운 희망을 꺼 버리고자 했을 것이다. 그가 무엇을 바랄 수 있겠는가? 어떤 사건이 그에게 평온함을 되찾아 주겠는가? 새날의 빛이 그에게 가져다줄 소식이 있을까?

　　오이디푸스는 시력을 잃는 것으로 자신을 처벌한 뒤 아티카 전체를 순례하며 떠돌았다. 운명에 맞서기로 할 때마다 결국 그는 자신도 모르게 충실히 운명을 따랐을 뿐이었다. 그러니 목적지 없이 떠도는 편이 나았다. 한편 그의 딸 안티고네는 아버지와 함께 길을 나섰다. 그녀는 어린 여자아이고 세상 경험이 없었지만 아버지를 부축하고 길 안내를 했다. 오이디푸스는 딸의 도움을 받으며 미지의 땅으로 나아갔다. 안티고네는 여러 달 동안 비극적인 사건에 대한 아버지의 탄식과 가르침을 들으면서, 타인의 소리와 자기 내면의 소리에 귀 기울이는 법을 배웠다. 이따금 두 사람은 오랫동안 침묵했고, 말 없이도 긴밀한 대화를 나누었다. 팔짱을 끼고 나란히 걸으면서 서로의 심장이 뛰는 소리를 듣는 것으로 마음의 대화를 나누었다. 그 불행한 노인 옆에서 안티고네는 사랑이 인생을 지배해야 하고, 항상 그러하도록 최선을 다해 노력해야 한다는 것을 배웠다. 그 진리를 다른 사람들에게, 어쩌면 자신에게도 설명할 수는 없었다. 별것 아닌 생각처럼 들리지만 그녀의 내면에서 이는 태양보다 더 강렬한 빛으로 타올랐다. 오이디푸스는 아버지를 죽이고 어머니와 결혼하여 그의 잘못에 대한 죗값을 치러야 하는 운명의 혈통을 낳았다. 그는 자신의 끔찍한 비행을 인정하고 지난 잘못을 속죄하며 하루하루를 살았다. 안티고네는 그런 아버지를 보면서 옳은 일과 그른 행동이 무엇인지 이해하게 되었다. 그래서 그녀는 아버지에게 깊이 감사하며 그를 진심으로 사랑했다. 오이디푸스는 온갖 시련 속에서도 아버지가 딸에게 줄 수 있는 가장 큰 가르침을 선물로 주었다.

어느 날 오이디푸스는 딸에게 혼자 있게 해 달라고 말한 뒤 숲 속으로 들어갔다. 그리고는 돌아오지 않았다. 안티고네는 무슨 일이 일어났는지 즉시 깨달았다. 고통스러운 참회 끝에 신들은 그를 용서했거나 그의 결백을 인정했을 것이다. 마침내 그녀의 아버지는 자유롭고 편안해졌다. 안티고네는 형제들이 있는 고향 테베로 돌아와 가장 먼저 여동생 이스메네를 만났다. 여동생은 궁전으로 안내하면서 그녀가 없는 동안 일어난 일들을 들려주었다. 그들의 형제인 에테오클레스와 폴리네이케스는 서로 전쟁을 선포했다. 그 이전에 원로원은 오랜 회의 끝에 두 형제가 1년씩 돌아가면서 테베를 다스리라고 결정했다. 먼저 통치권을 가진 에테오클레스는 흰 망토를 걸치고 도시의 방어벽처럼 높은 왕관을 쓰고서 왕좌에 올랐다. 그리고 1년이 지났을 때, 형제에게 왕위를 넘기려 하지 않았다. 그 부당한 행동에 분노한 폴리네이케스는 적국과 동맹을 맺었다. 그는 아르고스의 왕인 아드라스투스와 손을 잡고 조국과 형제에게 선전포고를 했다. 에테오클레스는 즉시 도시의 일곱 성문을 닫고 적의 공격에 대비했다.

폴리네이케스는 각각의 성문 앞에 일곱 장수를 배치해서 공격하게 했다. 에테오클레스도 같은 방식으로 장수들을 배치해서 수비했다. 프로이티다이 문에서는 티데우스가 공격하고 멜라니포스가 수비하며, 에렉트라이 문에서는 카파네우스가 공격하고 폴리폰테

스가 수비하고, 네이스타이 문에서는 에테오클로스
가 공격하고 메가레우스가 수비했다. 히포메돈은
히페르비오스가 지키는 온카이다이 문, 파르테
노파이오스는 악토르가 지키는 보라이아이 문,
암피아라오스는 라스테네스가 지키는 호모로
이드 문을 각각 공격했다. 마지막 일곱 번째
힙시스타이 문에서는 폴리네이케스가 직접
공격하고 그의 형 에테오클레스가 대적했
다. 그들은 모두 용감하게 싸웠다. 일곱
성문 중 여섯은 공격을 잘 막아 냈다.
기쁜 소식을 전하러 왕에게 달려간 테
베인들은 그러나 일곱 번째 성문 앞
에서 피비린내 나는 참극을 목격했
다. 폴리네이케스와 에테오클레스
는 격투 끝에 둘 다 사망하고 말
았다. 테베는 적의 침공을 막아
냈지만 큰 희생을 치렀다. 두

형제가 모두 사망했기에 왕위는 크레온에게 돌아갔다. 현명하고 빈틈없는 사람으로 알려진 크레온은 막중한 책임감을 느끼며 왕위를 물려받았다. 그는 두 형제의 시신 앞에서 나라에 충성을 맹세하고 왕관을 받아 머리에 썼다.

안티고네는 온 신경을 다해 이야기를 들었다. 동생이 묘사하는 끔찍한 장면이 바로 눈앞에서 펼쳐지는 것만 같았다. 그녀는 테베에서 먼 곳에 있었지만 실제로는 떠난 적이 없는 듯했다. 어쩌면 동족상잔의 운명과 비극을 예견하고 있던 것 같았다. 아버지 오이디푸스가 긴 침묵의 대화 중에 앞으로 벌어질 일을 그녀에게 들려줬을 것이다. 그녀는 잠시 크레온의 아들 하이몬을 떠올렸다. 그 잘생긴 청년은 안티고네와 결혼을 약속한 사이였다. 오랫동안 그를 보지 못했지만 안티고네는 그에게 가는 대신 일곱 번째 성문으로 달려갔다.

두 형제 중 한 명인 폴리네이케스의 시신이 여전히 땅바닥에 있었고, 보초병들이 이를 지키고 있었다. 무슨 이유로 아직 장례가 치러지지 않았을까?

안티고네는 그녀를 알아보지 못하는 병사들에게서 약간 떨어진 곳에 몸을 숨겼다. 그리고 대화를 가만히 엿들었다. 그들은 지난 전쟁의 일화들과 새로운 왕이 내린 결정에 대해 이야기했다. 그녀는 병사들의 대화에서 얻은 정보와 이스메네가 들려준 이야기를 되새겼다. 그리고 아버지 오이디푸스와 오빠 에테오클레스가 썼던 왕관을 물려받고 옥좌에 앉은 크레온을 상상해 보았다. 안티고네는 무언가를 깨닫고 다시 여동생에게 달려갔다. 그녀는 한참 동안 동생의 눈을 똑바로 바라보았다. 잠시 후 이스메네는 시선을 아래로 떨구었다.

"내 동생아, 이제껏 살면서 내가 겪지 못한 고통과 파멸과 수치와 불명예는 없어. 그런데 이제는 이 나라의 왕이 새로운 법을 만들었다는구나. 아직 백성에게 공표하지는 않은 듯하지만 곧 모두가 알게 되겠지. 아니면 혹시 너는 그 내용을 이미 알고 있니?"

이스메네는 아무것도 모른다고 대답했다. 안티고네는 그녀의 손을 잡고 궁전 밖으로 데려갔다. "너한테만 비밀리에 말할 게 있어서 이리 온 거야. 크레온은 우리 형제의 시신을 묻지 않은 채 하찮고 무의미한 물건을 다루듯 방치하고 있어. 굶주린 새들의 먹이가 되게 땅바닥에 그대로 놔두고는, 누구든 그의 장례를 치르는 자는 돌을 던져 죽이겠다고 했다더군. 이건 바로 외삼촌 크레온이 우리에게 던지는 경고장이야. 나는 그 경고를 무시할 셈이야. 시신을 옮겨서 매장할 수 있게 나를 좀 도와주겠니?"

"그러니까 언니는…… 나라의 법을 어기겠다는 거야?" 이스메네는 말을 더듬었다.

"그게 두려우니?" 안티고네가 놀라서 물었다. "폴리네이케스는 나의 오빠야. 네 오빠기도 하고. 네가 도와주지 않아도 나는 장례를 치를 것이고, 그 법을 위반했다고 나를 비난할 사람은 아무도 없을 거야.”

안티고네는 발길을 옮기다가 몸을 돌려 다시 자매를 바라봤다. 그리고 이내 이스메네가 자신을 따르지 않으리라는 것을 깨달았다.

“언니, 아버지를 생각해 봐! 모두에게 미움을 받고 타지에서 불명예스러운 죽음을 맞았어. 어머니는 가혹한 운명을 견디지 못해 스스로 목숨을 끊었지. 우리 형제들은 서로 칼을 겨누다가 죽었어. 이제 남겨진 우리를 생각해 봐! 법령을 어긴다면 우리에게도 끔찍한 결말이 기다리고 있을 거야.”

안티고네는 눈 하나 깜짝 않고 동생의 말을 들었다.

이스메네는 강하게 자신의 의견을 내세웠다. “우리가 여자로 태어났다는 사실을 잊지 마! 우리는 남자들과의 싸움을 버티지 못해!”

안티고네가 침착하게 말했다. “너에게 다시는 도와 달라고 하지 않겠어. 나중에 네 생각이 바뀌더라고 내 알 바 아니야. 네가 하고 싶은 대로 해! 난 오빠의 장례를 치를 것이고, 이 일 때문에 곤경을 치른다 해도 상관없어. 죽은 자를 위로하는 건 범죄가 아니라 신성하고 아름다운 행동이야!”

안티고네는 말을 마치자마자 일곱 번째 성문을 향해 걸어갔다. 이스메네는 자매가 마음을 바꾸기를 바라며 한참을 뒤따라갔다. “어찌하든 조심스럽게, 아무도 모르게 해!”

"아니, 오히려 소리칠 거야! 난 두려울 게 없어!"

그처럼 확고한 의지에 더는 설득할 수 없던 이스메네는 체념하며 마지막으로 한마디 했다. "언니는 불가능한 일을 하려고 해."

안티고네는 걸음을 멈추더니 뒤돌아서서 동생에게 말했다. "그래, 나는 불가능한 일을 하려고 해. 지쳐 쓰러질 때까지 그만두지 않을 거야."

이스메네가 궁전으로 돌아가는 사이, 하늘에는 달이 떠올랐다.

다음 날 테베의 일곱 성문으로 아침 햇살이 비쳤다. 궁전 앞 광장에 근엄한 복장을 한 크레온이 등장했고 군중은 환호했다. 그의 옆에는 아내 에우리디케가 서 있었다. 그는 허리춤에 손을 얹고, 가슴을 당당하게 펴고, 턱을 치켜든 채 공개 연설을 시작했다. 테베의 백성은 왕의 담화를 경청했다.

"백성들이여, 큰 폭풍우가 테베를 강타했으나 신들은 우리나라를 구하고 나의 노련한 손에 넘겨주셨다. 권력 행사라는 시험을 치르기 전에는 인간의 본성을 완전히 알지 못하는 법이다. 나는 아주 유능한 통치자가 되고, 고대의 법을 항상 존중하겠다. 따라서 나는 새로운 법령을 공표하려고 한다. 먼저 오이디푸스의 아들들에 관한 것이다. 에테오클레스는 이 나라를 위해 싸우다가 죽었고, 몸소 용기 있는 군주의 모습을 보여 주었다. 그러니 그의 장례를 성대히 치르고 저명한 망자들이 누리는 영예를 선사할 것이다! 그러나 그의 형제 폴리네이케스는 적과 손을 잡고 조상들의 땅을 파괴했다. 그러므로 그의 시신은 매장하지 않을 것이다. 그를 위한 장례식은 없다. 그의 시신은 땅바닥에 방치되어 모욕을 당하고 짐승들의 먹이가 될 것이다. 나는 이미 그 주위에 군사들을 배치해 감시하게 하였다!"

테베인들은 왕의 연설이 이것으로 끝났는지 어리둥절해하며 서로를 바라보았다. 크레온은 입을 다문 채 위를 올려다보았다. 햇살을 받으며 웃는 것 같았다. 누군가가 그의 결정에 찬성하며 환호성을 질렀고, 다른 사람들도 뒤따라 환호했다. 크레온은 눈을 감고 한껏 흐뭇한 미소를 지었다.

한 보초병이 광장의 군중을 헤치고 나와서 크레온과 에우리디케 앞에 무릎을 꿇었다. 그는 정중하게 인사한 뒤 말했다.

"폐하, 제가 한 짓이 아닙니다!"

"무엇을 말이냐?" 크레온이 물었다.

"폐하, 사실대로 말하자면 저는 망설이다가 이곳으로 왔습니다. 길에서 여러 번 머뭇거려야 했습니다. 화를 자초하는 일인 것 같아 돌아갈까도 생각했습니다. 하지만 어떻게든 드러날 일이고 누구라도 빨리 알려야 하기에 이 자리에 왔습니다."

"불쾌한 소식을 가져왔나 보군."

"조금 전 누군가가 시신에 장례 의식을 치렀습니다. 정식 장례는 아닙니다. 시신을 보호하기 위한 흙을 뿌리며 작은 장례식을 거

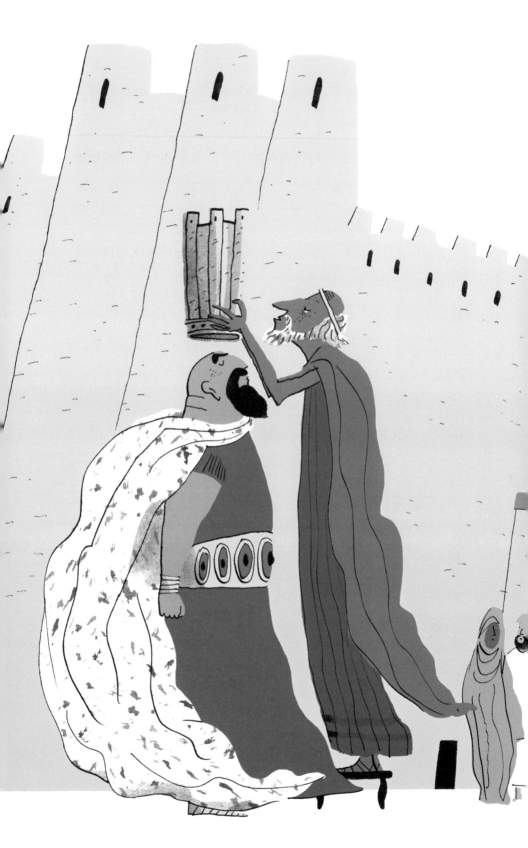

행한 것 같습니다."

"누가 감히 그런 짓을 저질렀느냐?"

상황은 다음과 같았다. 아침에 교대 근무가 끝
날 무렵 시신이 보이지 않았다. 보
초병들은 서로를 원망하다가 성문
에서 조금 떨어진 곳에서 흙이 덮인
시신을 발견했다. 한시라도 빨리 크

레온에게 이 사실을 알려야 했다. 하지만 왕에게 나쁜 소식을 전하고 싶은 사람은 아무도 없었다. 그래서 보초병들은 누가 갈 것인지를 두고 논쟁을 벌였다.

"결국 제비뽑기로 정했고, 마지못해 제가 오게 되었습니다."

크레온은 어떻게 해야 할지 고민했다. 그러는 동안 군중 사이

에서는 신들이 기적을 행한 것이 아니겠느냐는 소리가 퍼져 나갔다. 아마도 자비로운 신이 불경한 처사에 개입한 것이리라. 그 소리가 크레온에게도 들렸다. 그는 군중을 향해 소리쳤다. "여러분은 정말로 신들이 폴리네이케스 같은 배신자를 위해 개입했다고 믿는가? 나는 보초병들이 그랬을 것이라고 여긴다. 내 명령에 불만을 품은 자가 그들을 돈으로 매수했을 것이다. 인간사에서 돈보다 더 사악한 것은 없다. 그것은 정직한 사람을 타락시켜 악행을 저지르게 이끈다. 자, 자네는 이제 누가 시켰는지 자세히 밝혀라! 그러지 않으면 네 목숨을 내놓아야 할 것이다."

"한마디 해도 되겠습니까?" 보초병이 성급하게 끼어들었다.

"네놈은 아직 네 잘못을 모르는구나. 무슨 할 말이 더 남았느냐?" 크레온이 차갑게 쏘아붙였다.

"제가 그런 것이 아닙니다."

"네놈 짓이 분명하다. 돈을 위해 양심을 팔았겠지."

"아닙니다!"

"맞아!"

"아닙니다!"

"그렇다면 스스로 증명해 보거라."

보초병은 다급한 심정에 발을 동동 구르며 일곱 번째 성문으로 향했다. 그리고 몇 시간 뒤, 남자는 기뻐하며 궁전 앞으로 돌아왔다. 이번에는 혼자 오지 않았다. 그의 옆에는 안티고네가 있었다.

"이 여자가 그랬습니다!" 그가 소리치기 시작하자 이내 사람들이 광장으로 몰려들었다. "우리가 시신을 묻는 현장을 잡았습니다!"

크레온이 광장에 모습을 드러냈다.

보초병이 왕을 향해 말했다. "오, 나의 왕이시여, 당신의 위협을 받고 이 자리에 다시는 오고 싶지 않았습니다. 그렇지만 뜻밖의 기쁜 소식으로 오게 되었네요! 다행히도 범인을 찾았습니다! 이 소녀가 망자를 기리고 있는 현장을 잡았습니다. 이제 당신 손에 맡기니 알아서 하십시오! 저는 누명을 벗었으니 이만 물러가겠습니다."

크레온은 안티고네를 알아보았다. 그는 보초병에게 멈추라고 명령한 뒤 체포 당시의 상황을 설명하게 했다.

"저는 성문으로 돌아가자마자 동료들과 함께 시신 위의 흙을 모두 쓸어 내고 다시 성벽 앞으로 옮겼습니다. 우리는 시신 주위를 둘러싸고 단 한 순간도 경계 태세를 늦추지 않았습니다. 그런데 갑자기 폭풍이 밀려와 땅에서 먼지바람을 일으키며 평야를 어지럽혔습니다. 잠시 후 폭풍이 그치자 한 소녀가 우리 앞에 나타났지요. 그녀는 발악하듯 울면서 우리에게 모욕을 퍼붓더니 시신에게로 다가와 중얼거리고는 땅의 흙을 집어 뿌렸습니다. 우리는 상황을 파악하고 소녀에게 달려들어 곧장 체포했습니다. 이 소녀가 이전에 했던 일과 좀 전에 하고 있던 일을 고발합니다. 이제 저는 물러가도

되겠습니까?"

크레온은 보초병을 돌려보냈다. 두 명의 병사가 안티고네를 단단히 붙잡았다. 왕은 일단 그녀를 놓아주라고 손짓했다.

"고개를 숙이고 있는 자네는 네가 한 짓을 인정하느냐? 그리고 그 행위가 법으로 금지되었다는 사실을 알고 있느냐?"

"제가 했고 그 사실을 부인하지 않습니다." 안티고네는 땅에서 눈을 떼지 않고 대답했다. "금지령을 모두가 알고 있고 나 또한 알고 있었습니다."

"그런데 감히 법을 어겼단 말이냐?" 크레온이 버럭 화내며 고함을 질렀다. 광장에 모인 사람들은 귀를 기울이며 그 광경을 조용히 지켜봤다.

"그 법을 선포한 자는 제우스가 아닙니다! 우리에겐 당신이 정한 법보다 신의 뜻이 우선입니다."

광장에 전율이 흘렀다. 지금까지 누구도 감히 통치자의 권위에 의문을 제기한 적이 없었다. 크레온도 놀라서 말문이 막힌 듯했다. 안티고네는 고개를 들고 군중을 향해 말했다. "나는 법을 어기면 죽음을 면치 못하리란 사실을 알고 있었습니다. 하지만 결국 우리 중에 죽지 않는 사람이 어디 있을까요? 젊은 나이에 죽는 것은 내게 그리 큰 역경이 아닙니다. 항상 수많은 불행에 둘러싸여 살아왔으니까요. 죽음을 선택하는 일은 내게 있어서는 작은 고통일 뿐입니다. 혈육의 시신을 묻지 않는 것이야말로 큰 고통이죠! 크레온,

당신이 보기에는 이것이 미친 짓으로 보이나요? 내 행동은 당연한 도리일 뿐입니다!"

"그대가 내 누나의 딸일지라도 엄히 처벌하겠다. 분명 그대의 자매 이스메네도 법을 어겼을 테니 같이 처벌하겠다. 당장 그녀를 데려오라!"

"크레온, 당신의 백성을 보십시오! 그들은 모두 내가 한 일을 잘했다고 할 것입니다. 두려움이 입을 막지 않는다면 말입니다! 그러나 당신이 지닌 권력은 원하는 것은 무엇이든 행하고 말하게 하지요."

크레온은 주변을 둘러보았다. 그러나 아무도 그와 눈을 마주치지 않았다. 그는 무릎이 떨려 왔지만 결단을 밀어붙이기로 했다. 그리고 안티고네가 마음을 바꾸기를 바라면서 부드럽게 말했다. "생각해 보거라. 에테오클레스도 그대의 형제이고 나는 그의 명예를 드높였다. 폴리네이케스는 불경한 짓을 저질렀기에 나라의 증오를 받아 마땅하다."

"나는 증오가 아니라 사랑을 나누기 위해 태어났습니다." 안티고네가 응수했다. 그때 크레온은 군중 사이에서 누군가가 흐느끼는 소리를 들었다.

병사 두 명이 이스메네를 데려왔다. 안티고네는 혼자서 한 일이며 이스메네는 무죄라고 주장했지만 크레온은 둘 다 감옥에 가두기로 결정했다.

크레온을 만나기 위해 그의 아들 하이몬이 궁전으로 찾아왔다. 그는 아들에 대해 까맣게 잊고 있었다. 하이몬은 오래전에 안티고네와 약혼한 사이였다. 하이몬이 아버지를 찾아온 이유는 그녀의 운명에 대한 슬픔 때문일까, 아니면 실패한 결혼에 대한 울분 때문일까?

하이몬은 차분한 목소리와 환한 미소로 크레온에게 인사했다. "나는 아버지의 자식입니다. 아버지는 훌륭한 조언으로 자식을 옳은 길로 인도하지요. 당신의 값진 가르침은 내게 결혼보다 더욱 중요합니다."

크레온은 아들의 넓은 마음에 감동하여 그를 와락 껴안으며, 그가 아버지를 향한 존경과 사랑을 드러낸 것에 흡족해했다.

"아들아, 그렇고말고, 네 말이 옳다. 안티고네는 저승에서 남편을 찾든 말든 맘대로 하라지! 그녀는 내 금지령을 어겼으니 사형에 처할 것이다. 그리하여 나라의 기강을 세우겠다. 무질서는 최악의 상태이니 나는 그리해야 한다. 무법 상태는 나라를 파괴하고, 가정을 혼란에 빠뜨리고, 전투에서 대열을 무너뜨려 군사가 도망치게 한다. 복종! 이것이 첫 번째 미덕이다. 지휘자에게 복종하면 목숨을 구하고 승리를 얻는다. 우리는 조국이 패망하는 꼴을 그냥 지켜볼 수 없다. 그것도 한 여자 때문에!"

하이몬은 이전과 똑같은 표정과 따뜻하고 부드러운 어조로 말했다. "아버지, 복종이 아니라 성찰이야말로 인간이 받은 가장 소중한 선물입니다. 주제넘은 태도를 용서하세요. 그러나 아버지의 시선은 백성에게 가혹하고 할 말을 막아 버립니다. 저는 백성의 울음소리를 듣습니다. 그들은 가장 고귀한 행동을 실천으로 옮긴 그 용감한 소녀를 가엾게 여깁니다."

크레온은 다시 한번 말문이 막혔다. 다정다감해 보이지만 신랄한 비난으로 가득한 이 말의 진의는 무엇일까?

"나무를 생각해 보세요. 급류에 휩쓸리는 나무들을 보신 적이 있겠죠. 유연한 나무는 가지를 보존하지만, 뻣뻣한 나무는 뿌리 깊이 꺾이고 맙니다. 그러니 현명한 사람일지라도 계속해서 배우는 것을 부끄럽게 여기지 말아야 합니다. 열린 사고와 태도를 지니세요!"

"그럼 내가 이 나이에 어린애처럼 생각을 돌아보고 살펴야 한다는 게냐?" 크레온이 놀라서 물었다.

"옳은 일이라면 나이와 상관없이 그리해야겠지요."

"그렇다면 내가 내 의지가 아니라 너나 백성의 뜻에 따라 나라를 다스려야 한단 말이냐?"

"이 나라는 한 사람의 것이 아닙니다!" 하이몬은 언짢아하며 되받았다. 그때까지 그는 아버지의 기분을 상하지 않게 하려고 자신의 감정을 자제했다. 그러나 이제 아버지의 결정은 되돌릴 수 없다는 게 분명해졌다. 크레온은 큰 잘못이라는 것을 알지라도 그의 연인 안티고네를 죽음으로 몰 것이다.

"넌 안티고네와 결혼할 수 없어." 크레온은 단호히 결론을 내렸다. "앞으로도 그녀가 살아 있는 동안 네가 그녀와 결혼하는 일은 절대 없을 거야!"

"그녀의 죽음은 다른 누군가의 최후를 의미합니다."

"감히 나를 위협하는 게냐? 짧은 식견으로 날 가르치려 든다면 값비싼 대가를 치러야 할 거다."

"아버지는 그저 말하기만 하고 듣지 않으시네요!" 아들은 분노에 차서 소리치며 검을 뽑아 들려고 했다.

왕은 큰 소리로 병사들을 부른 후에 안티고네를 데려와 약혼자 앞에서 당장 처형하라고 명령했다. 겁에 질린 하이몬은 황급히 그 자리에서 달아났다.

세상에 혼자 남겨진 듯한 쓸쓸함이 크레온에게 밀려왔다. 그리고 자신의 결단에 대한 의혹이 일었다. 처음에는 안티고네, 그다음으로 백성, 이제는 아들까지 그의 결정을 반대하고 나섰다. 그는 자신이 과오를 범하면서 왕권을 위험에 빠뜨리고 있지는 않은지 곰곰이 생각해 본 다음, 이스메네를 풀어 주기로 했다. 그녀에게는 죄가 없었고, 그에게 경외심을 지닌 유일한 친족이었다. 안티고네는 황량한 곳으로 끌고 가서 동굴에 가두고 생존에 필요한 최소한의 음식만을 제공할 것이다. 어쩌면 가혹한 대우가 그녀의 이성을 되돌려 놓을지도 모른다. 그래, 그것이 최선의 방법이다. 그는 병사들에게 즉시 명령을 내렸다. "안티고네를 동굴에 가두고, 거기서 죽든 살든 아무도 접촉하지 못하게 하라!"

그리하여 안티고네는 포박된 채 병사들에게 이끌려 도시 밖으로 내쫓겼다. 그러나 끌려가는 내내 그녀는 마지막 인사를 전하러 나온 사람들에게 쉬지 않고 소리쳤다. "여러분, 나는 최후의 여정으로 향하고 있습니다. 이것이 신들을 기쁘게 한다면, 나는 이 형벌로 내 잘못을 깨달을 수 있을 테지요. 그러나 그들이 잘못한 것이라면 정의를 무시하고 나에게 가한 모든 고통을 그들도 똑같이 겪기를 바랍니다."

크레온은 그녀가 소리치게 놔두었다. 그녀의 외침은 서서히 작아지면서 점점 멀어져 갔다. 그 모든 이야기는 곧 먼 기억이 될 것이다. 무슨 일이 있어도 태양은 뜨고 지고, 달과 별은 하늘의 공간을 자랑스럽게 차지한다. 그리고 사람들은 자신과 관련 없는 일들은 잊어버리고 필요에 따라 삶을 꾸려 갈 것이다.

그날 저녁 한 노인이 궁전 문을 두드렸다. 그는 눈이 멀고 많이 늙기는 했지만 강인한 정신력으로 시간을 초월해서 볼 수 있었다. 크레온은 예언자 테이레시아스를 반갑게 맞이했다. 그는 예언자의 신비한 힘을 믿고 그의 조언을 중요하게 여겼다. 크레온은 그에게 어떤 일로 방문했느냐고 물었다.

"당신은 위태로운 운명으로 치닫고 있소." 테이레시아스가 대답했다.

그 말에 크레온은 몸서리를 치며 자세히 이야기해 달라고 부탁했다.

"어찌 죽은 자를 죽이는 것으로 공적을 세우려 하시오? 내 당신을 위해서 조언하리다. 금지령을 철회하고 안티고네를 석방하시오!"

"내가 무슨 생각을 하는지 아시오? 모두가 입을 맞추었다는 생각이 드오! 모두 내가 하는 일을 비판하고 내 권력에 도전하고 있소. 그들이 당신에게도 넉넉한 돈을 지불했겠지. 인간사에서 돈보다 더 사악한 것은 없으니까." 크레온은 무턱대고 그를 비난했다.

"크레온, 잘 들으시게. 당신이 부른 죽음은 또 다른 죽음을 부를 것이오."

둘 사이에 무거운 침묵이 흘렀다. 테이레시아스의 입에서 나온 끔찍한 예언이 궁전 곳곳에 메아리쳤다. 그 말을 끝으로 예언자는 돌아갔다. 크레온은 불안감에 휩싸였다. 예언자의 말은 그를 두렵게 했다. 그는 병사들을 불러 안티고네를 가둔 동굴로 향했다. 그녀는 스스로 목숨을 끊은 후였다. 그 옆에서 하이몬이 절망하며 울고 있었다. 그는 아버지를 보자 검을 빼 들고 공격했다. 크레온은 재빨리 피하며 동굴 밖으로 달아났다. 청년의 칼끝은 스스로를 향했고, 하이몬은 죽은 연인 곁에 거꾸러졌다. 병사들은 애통하게 울부짖는 크레온을 간신히 궁전으로 데려왔다. 그러나 그곳에서는 끔찍한 소식이 하나 더 기다리고 있었다. 사람들은 왕을 옥좌에 앉히고 그 주위로 모였다. 그는 권력을 마음대로 휘두르던 통치자였으나 이제는 불행의 정점에 있는 가엾은 인간이었다. 한 하인이 그의 아내 에우리디케가 자살했다는 소식을 전했다. 그녀는 안티고네와 하이몬의 비극적인 죽음을 듣고 비관한 나머지 목숨을 끊었다. 그녀는 죽기 전에 남편에게 전하는 말을 여종에게 남겼다.

연이은 비보에 놀란 크레온은 아내의 부드러운 위로를 기대하면서 여종이 전하는 말에 귀를 기울였다.

"이 모든 죽음은 전부 당신 탓입니다." 여종은 들은 말을 그대로 옮겼다.

크레온의 눈앞이 빙글빙글 돌기 시작했다. 결국 그는 바닥에 쓰러졌다.

"견딜 수 없는 운명이 나에게도 드리웠구나." 크레온은 중얼대더니 곧 정신을 잃었다.

하인들은 그를 일으켜 침대에 눕혔다. 그날 밤하늘에는 보름달이 떴다. 적막한 밤, 발걸음이 불안정한 한 노인이 궁전 앞에 다다랐다. 그는 눈이 멀고 많이 늙기는 했지만 강인한 정신력으로 시간을 초월해서 볼 수 있는 예언자였다.

그 노인은 라이오스왕을 알았고, 오이디푸스왕과 그의 아들딸들을 알았다. 그리고 크레온왕과 하이몬, 에우리디케를 잘 알았다. 그는 그들이 서로 다투고, 싸우고, 사랑하고, 파괴하는 모습을 보았다. 그는 나라가 번성하고 몰락하는 역사를 지켜보았다. 처음부터 끝까지 변치 않고 남은 이는 그뿐이었다. 물론 그의 머리는 하얗게

세었고 걸음걸이는 느려졌다. 하지만 정신은 여전히 맑고 또렷했다. 그는 테베인들 가운데서 누가 또 흰 망토와 왕관으로 복종을 강요할지, 새로운 전쟁을 시작할지 궁금했다. 그게 누구든 같은 역사가 되풀이될 것이라고 확신했다. 그 사람은 자신이 절대 실수하지 않는 존재라고 믿을 것이다. 백성과 현자의 충고나 비판이나 예언 앞에서 귀를 막을 것이다. 끝내 그 야망은 완전한 고독이라는 형벌로 돌아올 것이다. 미래를 예견하는 자는 거의 없지만 현재를 똑바로 보는 자도 드물다. 그날 밤 테이레시아스는 언제면 사람들이 현재를 제대로 보게 될지 궁금해졌다. 언제쯤이면 타인의 소리와 자기 소리에 귀 기울이고 서로 돕는 법을 배우게 될까? 산들바람이 테베로 불어와 테이레시아스의 숱 적은 머리카락을 휘날렸다. 그리고 그 질문에 대한 답은 바람 속으로 사라졌다.

트라키스의 여인들

에로스와 싸우려는 시도만으로도 미친 짓이라는 것을 압니다.
그는 신들까지도 마음대로 다스리고,
나 또한 지배하는 분이니까요.

그는 신들의 모든 장점과 인간의 모든 단점을 지녔다. 헤라클레스는 교활하고 재빠르며 엄청난 힘을 지녔지만, 쉽게 분노하고 자신의 행동을 제어하지 못했다. 게다가 치명적인 약점이 있었으니, 여성의 매력에 민감하게 반응했다. 그는 여성의 어여쁜 얼굴이나 반짝이는 눈빛 때문에 위험한 모험을 감행하고, 결투를 치르고, 한 나라에 전쟁을 선포했다. 그는 이러한 성향 때문에 여러 번 곤경에 처했고, 어느 화창한 날 홀연 종적을 감추기까지 했다. 1년이 넘도록 그의 행방을 아는 사람이 없었다.

헤라클레스의 아내 데이아네이라는 남편이 트라키스로 돌아오기를 바라며 온종일 창가에서 시간을 보냈다. 헤라클레스는 죗값을 치르기 위한 열두 과업을 오래전에 마쳤지만 또다시 길을 떠났고, 그 이후로 소식이 없었다. 데이아네이라는 창밖을 바라보며 먼 곳을 유심히 살폈다. 손바닥으로 햇빛을 가리고 시선을 동쪽에서 서쪽으로 옮겨 가며 일렁이는 지평선의 역광 속에서 헤라클레스의 윤곽이 보이기를 기대했다. 그러나 최근 그녀는 그림 속 여인처럼 꼼짝 않고 멍하니 서 있기만 했다. 헤라클레스가 돌아와 창문 앞에서 허송세월하는 그 모습을 본다면 죄책감을 느끼리라. 그렇지만 솔직히 말하자면, 남편이 돌아오리라는 여인의 믿음은 때때로 흔들리고 있었다.

어느 날 데이아네이라는 지평선을 바라보며 한숨을 내쉬었다. 그리고 헤라클레스가 짙은 안개 너머에서 그녀의 소리를 듣기라도 하듯 혼잣말을 했다. "옛날부터 전해지는 말이 있지요. 누구도 죽기 전에는 그 사람의 인생이 행복한지 불행한지 알 수 없다고……."

　데이아네이라는 자신의 인생이 슬픔과 지루함과 고뇌로 가득하다고 여겼다. 그러나 항상 그랬던 것은 아니다. 그녀도 한때 젊었고, 많은 이들에게 아름답다는 찬사를 들었다. 강의 신 아켈로스도 그녀를 보고 사랑에 빠져, 그녀의 아버지 집을 찾아와 세 가지 다른 모습으로 변신하며 구혼했다. 첫 번째는 황소의 모습으로, 두 번째는 용의 모습으로 변신한 아켈로스는 세 번째로 마침내 잘생긴 남자의 모습으로 변했지만 황소의 머리를 달고 있었다. 황소의 털투성이 턱에서는 신선한 샘물이 솟아나 시냇물을 이루었다. 그녀는 그 기이한 광경에 감탄했지만 그는 분명 그녀가 꿈꾸던 남자는 아니었다. 그러던 어느 날 헤라클레스가 청혼하러 왔다. 우람한 체격에 사자 가죽을 쓰고 커다란 몽둥이를 능숙하게 휘두르는 그는 인생에서 많은 경험을 하며 승리를 거둔 자의 당당한 분위기를 풍기고 있었다. 그들의 결혼은 이른바 선남선녀의 '성공적인 결혼'이었다. 그들은 곧 자식들을 낳고 케익스왕이 마련해 준 트라키스의 궁전에서 평화로운 나날을 보냈다. 그러나 헤라클레스는 모험과 영웅적인 행동에 대한 열망에 또다시 사로잡혔고, 이내 자식들을 소홀히 하기 시작했다.

　"이제 당신은 파종하고 추수할 때만 밭에 가는 게으른 농부처럼 아이들을 찾는군요." 데이아네이라는 상황의 심각성을 강조하려는 듯 손바닥으로 창턱을 치면서, 시선은 여전히 먼 곳을 응시한 채 혼잣말을 이어 갔다.

문득 자신이 남편을 너무 나무라는 건 아닌가 하는 생각도 들었다. 어쩌면 헤라클레스는 적에게 포로로 잡혀 있거나 끔찍한 일을 겪고 있을지도 모른다. 그녀는 자신이 지혜롭지 못한 나쁜 여자라는 생각에 쓸쓸한 마음이 들었다. 울컥 슬픔이 복받쳐 올랐지만 이내 마음을 추스르고 다시 창밖을 찬찬히 살폈다. 그때 유모가 다가와서 그녀를 위로했다. 유모는 아들 힐로스를 밖으로 내보내 아버지 소식을 알아보게 하라고 조언했다. 왜 진작 그 생각을 못했을까? 데이아네이라는 당장 아들을 불렀다. 그녀는 아버지의 안부에 무심한 아들을 꾸짖고는 서둘러 떠나라고 재촉했다.

"사실은 아버지 소식을 들은 게 있어요. 소문이기는 하지만 ……."

데이아네이라는 어떤 소문인지 자세히 말하라고 재촉했다. 힐로스는 창문 가까이 다가가 그녀의 옆에 앉아 다소 난처해하며 들은 내용을 전했다. 헤라클레스는 소아시아의 리디아에서 한 여인과 1년가량 동거했다고 한다.

"그리고 지금은 에우리토스의 나라와 다시 전쟁을 치르고 있다고 합니다."

데이아네이라는 자리에서 벌떡 일어났다. 그는 아내를 배신한 이후 또다시 목숨을 건 무모한 전쟁에 뛰어들었다. 남편이자 아버지인 사람이 어쩜 그리도 무책임하고 경솔할 수 있을까! 그를 향한 분노가 차올랐지만 그보다는 무사히 돌아오길 바라는 마음이 컸다. 그녀는 힐로스에게 비밀을 알려 줄 때가 되었다고 생각했다. 그녀는 구슬프고 나지막한 목소리로 말했다. "사랑하는 아들아, 너에게 말하지 않은 것이 있단다. 네 아버지가 떠나기 전에 나에게 그 나라와 관련된 예언을 남겼어. 그곳에서 그의 운명이 결정될 거라고 했단다. 전쟁에서 죽거나, 살아 돌아와 영원히 행복하게 살 거라고. 그는 이 예언을 전하면서 마지막 염원이 적힌 문서를 건넸어. 그동안 험난한 모험을 향해 수없이 나섰지만 이전에는 한 번도 그런 적이 없었지. 그 문서에는 헤라클레스가 죽었을 경우 배우자인 나에게 주어지는 재산과 자녀들에게 분배되는 토지의 몫이 명시돼 있어. 시간도 규정하고 있지. 1년 석 달 안에 돌아오지 않으면 자신이 죽은 것으로 알라고 했어. 하지만 이 시련을 극복하면 편안한 여생을 누릴 수 있대. 이제 예언에서 정한 시간이 다 되었단다. 아들아, 어서 가서 아버지를 도와야 하지 않겠니?"

"어머니, 그럴게요!" 힐로스가 재빠르게 대답했다. "이 예언을 알았더라면 진즉부터 아버지 곁에 있었을 거예요. 우리는 아버지의 삶에 익숙해져 있던 터라 미리 걱정하거나 불안해하지 않았지요. 행여나 제가 늦게 도착하더라도 예언의 결과가 어떤지는 알 수 있겠죠."

힐로스는 비장하게 일어서서 허리를 꼿꼿이 세우고 가슴을 편 채로 결연한 표정으로 어머니와 작별 인사를 나누었다. 그런데 바로 그 순간 도시의 전령이 궁전으로 뛰어 들어왔다.

"데이아네이라, 헤라클레스가 살아 있대요. 전쟁에서 승리를 거두고 돌아오고 있어요. 전리품들을 먼저 집으로 보냈다고 해요."

힐로스는 그 소식에 마음을 놓으며 다시 자리에 앉았다. 데이아네이라가 전령에게 물었다. "어째서 그의 전령관이 오지 않고 당신이 왔나요?"

"그는 질문하는 사람들에게 둘러싸여 천천히 오고 있어요. 곧 도착할 겁니다."

데이아네이라는 창문으로 달려갔다. 저 멀리 지평선을 따라 도시로 들어오는 형상들이 어렴풋이 보였다.

"오, 제우스여!" 그녀가 기뻐하며 소리쳤다. "오랜 시간이 지

나고, 마침내 우리에게 기쁨을 주시는군요. 이 나라의 여인들아, 목청껏 소리쳐라! 이 기쁜 소식을 널리 알릴지어다!"

이내 긴 행렬이 궁전에 도착했다. 그 대열의 앞에는 헤라클레스의 전령관인 리카스가 있었다.

"친애하는 리카스, 헤라클레스가 살아 있다는 소식이 사실인가요?" 데이아네이라가 다급히 물었다.

"네. 그는 아픈 곳 없이 건강하고 활기찬 모습이었습니다."

그제야 데이아네이라는 전령관을 따르는 행렬이 여자들로만 구성되어 있다는 것을 깨달았다. 그녀들은 젊고 아름다웠으며, 한결같이 슬픈 표정을 짓고 있었다.

"이 여인들은 누구인가요? 가엾고 불쌍하네요."

"전리품의 일부입니다. 헤라클레스는 에우리토스왕의 나라를 파괴하고 이들을 노예로 삼았습니다."

"그 나라와의 전쟁 때문에 그이가 그리 오랫동안 집을 떠나 있었던 건가요?"

"아닙니다. 대부분은 리디아에서 노예로 잡혀 있었습니다. 이

말에 분노하지 마세요. 제우스가 그리한 것이니까요. 헤라클레스는 리디아의 옴팔레여왕에게 팔려서 조롱과 학대를 당했습니다. 그는 자유를 되찾자마자 군대를 모아 에우리토스왕의 나라로 쳐들어갔고, 억울한 종살이에 대한 복수를 했습니다. 당신의 눈앞에 있는 여성들은 지난날 행복한 삶을 살았지만 지금은 비참한 신세가 되었습니다."

데이아네이라는 상반되는 감정을 동시에 느꼈다. 남편의 귀환 소식이 기뻤지만 불행한 여인들에게 동정심이 일었다. 그녀들은 집도 가족도 없이 낯선 땅을 방황하는 노예였다. 그들 중 유독 한 여인이 눈에 띠었다. 그녀는 가장 예뻤고, 아마도 가장 슬퍼 보였다.

데이아네이라는 그녀를 가리키며 시종들에게 집으로 데려가 극진히 대접하라고 일렀다.

"안 돼요! 잠깐 제 말 좀 들어 보세요!" 도시의 전령이 데이아네이라를 막아섰다. 그는 리카스를 보내라고 부탁하고, 둘만 있게 되자 중요한 사실을 털어놓았다. "지금 누굴 집 안에 들이려는지 아셔야 합니다. 당신이 모르는 게 있어요. 나는 진실을 알고 있지요. 리카스가 한 말은 사실이 아닙니다. 헤라클레스의 의지를 움직인 것은 사랑의 신, 에로스였어요. 딸을 첩으로 달라는 요구를 에우리토스왕이 들어주지 않자 헤라클레스는 사소한 핑계를 내세워 나라를 공격했습니다. 그는 왕을 죽이고 도시를 파괴해 원하는 여자를 손에 넣었지요. 당신이 지금 집으로 데려가려는 그 소녀입니다. 그녀는 왕족이고, 이름은 이올레입니다."

데이아네이라는 그의 말이 사실인지 확인하기 위해 리카스를 다시 불러서 물었다.

"솔직하게 말하세요. 나는 남자들의 습성을 알고 있고, 한 여자만 사랑할 수 없다는 것도 알아요. 에로스와 싸우려는 시도만으로도 미친 짓이라는 것을 압니다. 그는 신들까지도 마음대로 다스리고, 나 또한 지배하는 분이니까요. 그러니 나에게 사실대로 말해도 이해할 수 있어요."

"당신은 착하고 마음이 넓은 분이니 숨김없이 모든 진실을 밝히겠습니다. 전령이 말한 그대로입니다. 헤라클레스는 이올레에게 걷잡을 수 없이 빠졌고, 그 때문에 전쟁을 벌였습니다. 하지만 헤라클레스가 거짓말을 시키지는 않았습니다. 제가 스스로 한 것이죠. 사실대로 말하면 당신에게 고통을 줄까 봐 두려웠습니다. 이제 모든 진실을 알았으니 당신과 남편을 위해 이 여인을 집으로 들이고 친절하게 대해 주세요."

"나는 현명한 사람이니 환대의 규율을 지킬 것입니다." 데이아네이라는 단호하게 말했다. 그녀는 진실을 확인했고, 그것을 받아들이는 일 외에는 할 수 있는 게 없었다. 남편이 사랑하는 여자를 집 안에 들였고, 이제 두 여인이 그의 귀환을 기다리게 되었다. 이것이 오랫동안 홀로 집을 지킨 아내에게 주는 남편의 보상이었다. 그 같은 부당한 처사에 대한 반발심이 꿈틀거리기 시작했다. 데이아네이라는 현관 한쪽에 서서 가만히 그 여인을 지켜보며 혼잣말을 했다.

"저 여인은 젊음이 꽃을 피우는데 나는 지고 있구나. 이런 소리를 들을까 두려워져. '여기 데이아네이라의 남편이자 이올레의 연인인 헤라클레스가 있소!' 그렇다고 화를 낸다면 꼴사나워지겠지."

갑자기 그녀의 가슴이 뜨거워지면서 놀라운 생각이 번쩍 떠올랐다. 바로 남편의 마음을 돌리기 위해 마법의 힘을 빌리는 것이었다. 그녀는 간교한 술책을 꾸며야 하는 자신의 처지와 무능함이 싫었지만 사랑하는 남자를 되찾기 위해서는 어쩔 수 없었다. 데이아네이라는 오래전에 네소스가 그녀에게 준 선물을 청동 항아리 안에 잘 숨겨 두고 있었다. 그 일은 그들이 결혼하고 얼마 뒤 트라키스로 오던 길에 일어났다. 그들은 물살이 거세고 깊은 강을 건너야 했다.

그때 상반신은 인간이고 하반신은 말인 켄타우로스가 나타나 강 건너편으로 데려다주겠다고 제안했다. 그의 이름은 네소스였다. 그런데 강은 건넌 네소스는 데이아네이라를 납치하려고 했고, 이에 헤라클레스는 그의 심장에 화살을 쏘았다. 켄타우로스는 숨을 거두기 전에 자기 잘못을 뉘우치며 그녀에게 선물을 주었다. 언젠가는 도움이 될 테니 자신의 피를 모아서 따로 보관하라는 것이었다. 그 피에는 사랑이 식은 연인의 마음을 돌리는 놀라운 힘이 있다고 했다. 이제 네소스의 묘약을 사용할 때가 되었다. 그녀는 헤라클레스의 옷에 네소스의 피를 묻혔다. 그것이 영웅의 몸에 닿으면 마법의 힘이 작용하여 간절히 원하는 것을 얻게 되지 않을까?

데이아네이라는 리카스를 불러 남편에게 그 옷을 전해 달라고 부탁했다. "내가 직접 만들었다고 얘기해 주세요. 그 사람 외에는 아무도 입어선 안 됩니다."

리카스는 잃은 신임을 되찾기 위해 아무 말도 묻지 않고 즉시 출발했다. 그런데 그가 시야에서 사라지자마자 데이아네이라는 불길한 예감이 들었다. 그녀는 궁전의 거실을 초조하게 서성거렸다. 도시 주민인 트라키스의 여인들이 그런 그녀를 보고서 무슨 일이냐고 물었다.

"불안한 마음이 들어요. 좋은 의도로 한 일이 재앙이 되어 돌아오면 어쩌죠?"

데이아네이라는 그 여인들에게 헤라클레스에게 옷을 보낸 사실과 그렇게 한 이유를 설명했다. 그러다가 무시하고 지나친 사소한 사실이 갑자기 떠올랐다. "옷에 켄타우로스의 피를 묻히기 위해 양털 뭉치를 사용했어요. 작업을 마치고 그 뭉치를 바닥에 던졌는데, 톱밥 같은 것으로 변해 거품을 일으키더니 감쪽같이 사라져 버렸죠. 이제 알 것 같아요. 나는 끔찍한 일을 저질렀어요. 켄타우로스가 나를 차지하려다가 죽었는데 호의를 베풀 이유가 있을까요? 그 짐승을 쏜 화살에는 독이 묻어 있었어요. 그의 상처에서 뿜어져

나온 피 속의 독이 헤라클레스도 죽이는 건 아닐까요?"

여인들은 그녀를 위로하고 격려했다. "운명이 결정되기 전까지는 희망을 버리지 마세요. 행여 잘못되더라도 고의가 아닌 범죄에 대한 처벌은 가벼워요. 당신의 경우가 그렇지요."

"잘못에 책임이 없는 사람들만 그리 말할 수 있지요. 양심의 가책을 느낄 필요가 없으니까."

트라키스의 여인들은 깊이 절망하는 데이아네이라를 보았다. 그녀는 얼빠진 표정으로 초조하게 손을 휘저으며 통곡했다.

"목소리를 낮추세요. 그러다가 아들이 듣겠어요." 여인들은 걱정이 되어 주의를 주었지만 힐로스는 이미 그녀의 앞에 서 있었다. 그는 분노하여 펄펄 뛰며 소리쳤다.

"어머니, 나는 당신에게 세 가지를 원합니다. 더는 살아 있지 않는 것, 살아 있다면 다른 사람의 어미로 사는 것, 끝으로 더 나은 마음씨를 가지기를 바랍니다!"

"아들아, 왜 나를 그리도 미워하느냐?"

"당신은 내 아버지를 죽였어요. 내 눈으로 직접 아버지의 참혹한 최후를 봤습니다."

"그럼 그를 만났다는 거야? 어디서?" 데이아네이라는 당장이라도 헤라클레스에게 달려갈 기세로 물었다.

"에우보이아섬의 곶에서 만났어요. 내가 아버지를 발견한 바로 그때 리카스가 죽음의 옷을 전하고 있었지요. 아버지가 그 옷을 입자마자 피부에서 땀이 솟아나더니 천이 몸에 달라붙고 엉겨서 마치 온몸에 독이 퍼지는 것 같았어요. 극심한 고통에 휩싸인 아버지는 리카스에게 왜 그 옷을 가져왔냐고 물었어요. 그는 영문을 알 리 없었기에 그저 어머니의 선물이라고만 말했어요. 아버지는 분노하며 리카스의 발목을 잡고 들어 올려 바다에 던져 버렸어요. 아무도 그에게 다가갈 엄두를 내지 못했지요. 그러다가 아버지는 사람들 사이에서 나를 알아보고는 이국땅에서 죽고 싶지 않으니 고향으로 데려가 달라고 부탁하셨어요. 그래서 우리는 고통으로 울부짖는 아버지를 간신히 배에 싣고 여기 해안까지 데려왔어요. 곧 당신은 아직 살아 있거나 막 목숨이 끊어진 남편을 보게 될 것입니다. 바로 당신이 저지른 범죄를요!"

데이아네이라를 혼란에 빠뜨린 불안한 예감이 분명히 형체를 드러냈다. 그녀는 자신이 의도하지 않은 죄악의 공범이자 피해자라는 사실을 깨달았다. 결국 네소스의 보복을 도운 셈이 되었고, 그로 인해 그녀도 앙갚음을 당했다. 데이아네이라는 아무 말 없이 자리를 떴고, 힐로스는 어머니를 원망하며 그 모습을 바라보기만 했다. 얼마 뒤 유모가 여주인의 방을 찾았다. 눈앞에는 처참한 광경이 펼쳐져 있었다. 유모는 힐로스에게 달려가 데이아네이라가 단검으로 자결했다는 슬픈 소식을 전했다.

힐로스는 어머니의 죽음에 깊은 죄책감을 느꼈다. 가혹한 비난이 어머니를 죽음으로 내몰았을까? 그러지 않았더라면 상황이 달라졌을까? 이제는 너무 늦어 버렸다. 그는 얼이 빠진 채 아버지의 상태를 확인하러 갔다. "제우스여, 내가 당신을 위해 치른 희생의 대가가 이것입니까?" 헤라클레스가 고통 속에서 소리쳤다.

그는 죽음을 앞에 두고도 일어서려고 했다. 힐로스가 달려가 그의 육중한 몸을 간신히 떠받쳤다. 막강한 힘과 용맹함으로 수많은 역경을 이겨 낸 최고의 영웅은 몸을 떨며 불평하기 시작했다. 온몸이 타들어 가는 듯한 고통을 견디다 못해 아들에게 괴로운 기다림을 끝내 달라고 간청하기도 했다. 그리고 데이아네이라를 모욕하고 저주를 퍼부었다. 그는 아내의 비참한 운명을 아직 알지 못했다.

"내 손과 어깨에 수많은 위업의 흔적이 남아 있건만, 검도 들지 않은 여자의 손에 죽는구나!"

힐로스는 울면서 아버지에게 말했다. "조금 전에 어머니가 돌아가셨어요. 스스로 목숨을 끊으셨습니다."

"그 여자는 내 손에 죽었어야 했어!" 헤라클레스는 이성을 잃고 폭언을 퍼부었다.

힐로스는 오해를 풀기 위해 설명했다. "아버지, 어머니는 이올레를 보고 질투심을 느껴 사랑의 묘약을 써야겠다고 생각했어요. 켄타우로스 네소스의 속임수에 넘어간 거예요. 그의 피로 아버지의 사랑을 되찾을 수 있다고 믿었죠."

그제야 헤라클레스는 그의 아버지 제우스가 한 말이 생각났다. 그가 살아 있는 존재가 아니라 죽은 자의 손에 죽을 운명이라는 예언이었다. 헤라클레스는 그 말이 이해되지 않았지만 어쨌든 좋은 징조로 여기려고 했다. 그때까지 죽은 자가 산 사람을 죽인 적은 없었으니 자신이 영원히 죽지 않을 것이라고 믿은 것이다. 그런데 말 그대로의 일이 벌어지고 말았다. 네소스는 오래전에 죽었지만 그에게 고약한 농간을 부렸다. 헤라클레스는 분노와 고통에 찬 절규를 내뱉었다. 구석구석 타들어 가는 듯한 육체의 아픔을 호소하고, 지상의 삶에 미련을 버리지 못해 절망적으로 통곡했다. 힐로스는 아무 말 못 하고 망연히 지켜보기만 했다. 그는 누구보다도 강인한 아버지가 볼품없이 울고 있는 모습에 충격을 받았다. 그러나 죽어 가는 한 남자를 보면서 고통이 무엇인지 깨달을 수 있었다. 어느새 아버지와 어머니, 그리고 자신에 대한 연민이 솟구쳤다. 그는 아버지에게 다가가 머리를 감싸 안고 이마에 입을 맞추고서 그 옆을 지켰다. 힐로스는 마음을 다해 가련한 존재를 위로하였다. 헤라클레스는 죽기 전 마지막 힘을 다해 아들에게 두 가지 유언을 남겼다.

"나를 산 정상으로 옮겨라. 참나무와 올리브나무 가지를 잘라서 쌓고 그 장작더미 위에 나를 올려라. 그리고 소나무 횃불로 불붙여 태워라. 네가 직접 해 주었으면 좋겠구나."

힐로스는 고개를 숙이며 아버지에게 불을 놓을 수는 없다고 말했다.

"울지 말거라. 네가 진정 나의 아들이라면 아무런 불평 없이 이 일을 수행하거라. 그리고 한 가지 더 부탁할 게 있다. 이 아비를

진심으로 존경한다면 내가 죽고 나서 이올레와 결혼하거라!"

이올레는 가족에게 닥친 모든 재앙의 원인이었다. 아버지는 이올레에 대한 사랑 때문에 전쟁에 나섰다. 어머니 데이아네이라는 그녀 때문에 남편과 자신을 죽음으로 내몬 계책을 꾸몄다. 그러나 정작 이올레에게 무슨 잘못이 있겠는가? 그녀의 아름다움이 죄가 될 수는 없었다. 힐로스는 아버지의 설득에 못 이겨 그러겠다고 약속했다. 그리고 다른 병사들과 함께 고통에 시달리는 아버지의 육체를 들어 올렸다.

"어서어서 서둘러라!" 영웅은 명령했다. "이제 나에게 죽음은 고통으로부터 벗어나는 안식이 될 터이니!"

헤라클레스는 한 손으로 아들의 손목을 잡고 마지막 말을 남겼다. 힐로스는 그날 이후 오랫동안 그 말을 되새겼다. 그것은 기구한 운명을 슬퍼하며 늘어놓은 하소연이었지만, 어쩌면 끔찍한 진실을 담고 있는 말이었다.

"신들은 어찌 그리 무심한지, 야속하기 그지없다! 그들은 우리에게 생명을 주고 '아버지'라고 부르게 하지만, 우리의 고통을 보기만 할 뿐 손가락 하나 까딱 않는구나!"

힐로스는 아버지를 수레에 싣고 신들과 가장 가까운 장소인 산꼭대기로 올라갔다. 수레는 희미한 지평선 너머, 고요한 아침 공기와 짙은 안개 속으로 서서히 사라졌다.

키클롭스

한 여자 때문에 전쟁에 나서다니,
너희의 모험은 부끄러운 일이도다!

이 이야기는 분명 한 번쯤 들어 봤을 것이다. 그러나 여기 등장하는
인물들은 아마 낯설게 느껴질 텐데, 그들이 우리가 앞서 만난 이야
기에서와는 아주 다르게 생각하고 표현하기 때문이다. 이제, 섬뜩
한 옛이야기가 우스꽝스러운 사티로스극으로 변한다.

　모든 것은 햇볕이 내리쬐는 적막한 해변에서 시작한다. 그 해
변으로 그리스 배 한 척이 도착했다. 그 배가 그리스에서 왔다는 사
실은 누구나 쉽게 알 수 있었다. 배의 구조나 도시의 문장을 살펴볼
필요도 없이 선원들이 한눈에 봐도 그리스인이기 때문이다. 그들은

그리스 말로 소리치고 싸우며 불평했다. 그리스인들은 배에서 내린 뒤 큰 항아리를 머리에 인 채 이동했다. 항아리에는 먹을거리와 교환할 포도주가 가득 들어 있었다. 그 무게가 제법 나가는 탓에 그들의 발걸음은 느릿느릿 불안해 보였다.

그들의 지휘관은 키가 작지만 체격이 다부진 남자였다. 남자는 사방을 날카롭게 주시하면서 안전하게 머물 곳을 찾았다. 그가 손가락으로 한 동굴을 가리키자 모두가 순순히 그곳으로 향했다.

그 장면을 한 실레노스가 몰래 지켜보며

키득거렸다. 실레노스가 낄낄대는 모습은 보기에 좋지 않다. 사실 실레노스는 그 자체가 볼썽사납다. 배불뚝이에 털투성이 몸, 대머리인 늙은 짐승이 늘 술에 취해서 툭하면 어리석은 심술을 부리는 모습을 상상해 보라. 그런데 그의 은밀한 웃음에는 이유가 있었다. 그 지휘관이 부하들을 당당히 이끈 곳이 키클롭스족 폴리페모스의 동굴이기 때문이다. 선원들의 대장은 험난한 산길을 올라갔고, 부하들은 충실하게 그의 뒤를 따랐다.

대장은 실레노스를 발견하고는 그에게 가서 정중하게 말을 건넸다. "어르신, 깨끗한 물을 어디서 구할 수 있을까요? 척박하고 황량한 이 섬에서 식량을 구할 곳이 있을까요? 알려 주시면 대단히

고맙겠습니다."

실레노스는 손님의 공손한 태도에 어색해하며 불룩한 배에 한 손을 얹고 고개 숙여 인사했다. "환영합니다. 그런데 당신은 누구이고 어디에서 왔소?"

"나는 이타카 출신의 오디세우스입니다."

"어떻게 여기 오게 되었소? 이 섬을 우회하여 가는가?"

"트로이에서 오는 길입니다. 아마 트로이 전쟁에 대해 들으셨으리라……."

"왜 곧바로 고향으로 가지 않고? 아무렴 길을 잃었을 테지."

선원들은 실레노스의 말에 웃음을 터뜨렸다. 모두는 아니었다. 누군가는 짜증을 내며 투덜거렸다. 그들은 오디세우스를 따라다니느라 오래전부터 집으로 돌아가지 못하고 있었다.

실레노스의 말은 거의 조롱처럼 들렸지만 오디세우스는 예의 바른 태도를 유지했다. "그놈의 바람 탓이지요! 어떤지 아시잖아요. 우리의 의지를 거스르며 강제로 이곳으로 몰아넣었죠. 그래서 말인데, 우리가 있는 곳은 어디이고 이 땅의 주인이 누구인지 알려 주시겠어요?"

"이곳은 시칠리아섬의 에트나산일세. 여기엔 도시도 탑도 없다네. 평범한 인간은 살지 않아. 외눈박이 거인 키클롭스들이 살고 있지. 그들은 동굴에서 자고, 하루 종일 하는 일이라곤 우유를 마시고 치즈를 먹는 것뿐이라네."

"마지막으로 하나만 더 묻겠습니다. 그들은 이방인에 대해 어떻게 생각합니까?"

"대환영이지! 그들 말로는 고기 맛이 끝내 준다더군." 실레노스가 큰 소리로 웃었다. "누가 오든 반갑게 받아들여서 잡아먹는다네."

선원들은 항아리를 땅바닥에 내려놓았다. 누군가는 오디세우스에게 험악한 말을 퍼붓고, 또 누군가는 위협하듯 불끈 주먹을 쥐어 보였다. 영웅은 머리를 긁적이며 그 곤경에서 벗어나기 위한 묘안을 궁리했다.

오디세우스는 한껏 미소 띤 얼굴로 실레노스에게 다가가 그의 어깨에 한 팔을 얹고는 친근한 말투로 먹을 것을 팔라고 설득했다. 음식을 구하기만 하면 이 위험한 곳을 피해 서둘러 다시 뱃길에 오를 수 있었다. 실레노스는 폴리페모스가 지금 개들과 사냥을 하고 있다며 오디세우스를 안심시켰다. 그는 고기와 치즈, 우유를 내주고 오디세우스는 최고급 포도주로 보상하기로 했다.

"얼마나 달콤한 말인가!" 실레노스는 익살스러운 표정으로 열광하며 외쳤다. "못 마신 지 백 년은 되었을 걸세!"

오디세우스는 바로 포도주 한 통을 따서 실레노스의 목에 부어 주었다. 얼마 지나지 않아 그 기이한 짐승은 술에 취하여 광란적으로 춤을 추었다. 떠들썩한 소란에 그처럼 땅딸막하고 볼품없는 몰골을 한 다른 실레노스들이 폴리페모스의 동굴 앞으로 모여들었다. 술 취한 실레노스가 약속한 음식을 가지러 동굴로 들어간 사이, 새로 모여든 실레노스들이 오디세우스에게 말을 걸었다.

"잡담이나 할까?" 그들 중 한 명이 물었다. 부하들의 불만에 의기소침해 있던 오디세우스는 흔쾌히 그러자고 했다.

"그러니까 너희가 결국 해낸 거야? 전쟁에서 이겼어?" 첫 번째 실레노스가 물었다.

"잡담이나 할까? 너희가 트로이를 정복한 거야?" 두 번째 실레노스가 물었다.

"잡담이나 할까? 헬레나를 되찾았어?" 세 번째가 물었다.

"잡담이나 할까? 모든 건 헬레나의 잘못이야!" 네 번째가 확신에 찬 목소리로 말했다.

"잡담이나 할까? 늘 여자들이 문제야!" 다섯 번째가 딱 잘라 말했다.

"그래, 맞아, 맞아! 항상 여자가 문제야!" 모두가 입을 모아 맞장구쳤다.

그들의 장난스러운 대화에 실망한 오디세우스는 동굴 안을 들여다보았다. 그 안은 어두웠지만 곧 술 취한 실레노스가 식량을 챙겨 입구로 나오는 모습이 보였다. 그는 음식이 담긴 꾸러미를 건네며 즉시 이 섬을 떠나라고 하면서, 그 전에 포도주를 조금만 더 달라고 부탁했다. 오디세우스가 그 부탁을 기꺼이 들어주는 사이 키클롭스족 폴리페모스가 돌아왔다. 그들은 제때 탈출할 시간을 놓쳤고, 이제 골치 아픈 상황에 처하고 말았다. 실레노스들은 폴리페모스를 보자마자 황급히 달아났고, 술 취한 실레노스는 아무 말 없이 어두운 동굴로 달려가 몸을 숨겼다.

오디세우스도 그를 따라 도망치려다가 자신에게 다짐하듯 말했다. "그럴 수 없어! 나 같은 영웅이 할 짓이 아니지! 내가 죽어야 한다면 용감하게 죽겠어. 어쩌면 이번에도 위기를 잘 모면해서 용사의 명성을 떨칠 수 있을 거야."

그때 폴리페모스가 그와 동료들의 존재를 알아채고는 커다랗고 흉측한 외눈으로 오디세우스를 바라보았다. 그리고는 누렇고 뾰족하고 비뚤어진 이빨을 드러내며 히죽히죽 웃었다. 그는 우선 그의 아름다운 새끼 양들을 살피며 거대한 손가락 끝으로 등을 쓰다듬은 후 젊은 여행객들을 상대했다.

"너희는 해적이구나! 내 식량을 훔치러 왔군!"

그때 실레노스가 동굴에서 나와 그들이 도둑이라고 소리치며 거짓말을 늘어놓았다. 실레노스는 자기가 용감하게 나서서 훔쳐 가지 못하게 막았다고 말했다.

"친애하는 나의 실레노스, 저들은 내가 신이라는 걸 모르는가?" 폴리페모스는 충실한 하인에게 부드럽게 말했다.

"제가 얘기했습죠. 그러나 저들은 주인님의 물건을 마구 훔치고, 치즈를 먹고, 양들을 끌고 갔습니다. 저들이 이런 얘기를 하더군요. 당신을 목줄로 묶어 찌르고, 채찍질하고, 가죽을 벗겨서 배에

신고 어딘가로 데려가 노예로 팔아먹겠다고!"

폴리페모스는 실레노스의 충직함을 칭찬하고 돌려보낸 뒤 서둘러 저녁 식사를 준비했다. 그는 보기와 달리 대단한 미식가여서 입의 즐거움을 위해서라면 아끼는 법이 없었다. 그는 한동안 사냥한 짐승만 먹으며 인간의 고기를 맛보지 못했다. 그래서 제 발로 굴러든 그리스인들을 보자 군침이 흘렀다. 그들 절반은 숯불에 구워 먹고 나머지 절반은 뜨거운 물에 삶아서 먹을 셈이었다.

폴리페모스는 선원들을 손으로 움켜쥐어 동굴 안으로 들고 가서 여러 명을 한데 단단히 묶어 부엌 선반에 올려 두었다. 오디세우스는 거인의 관심을 끌려고 했지만 그는 한참 동안 불을 지피고 향신료를 찾는 일에만 몰두했다.

"키클롭스, 이 이방인에게도 말할 기회를 주시게. 사실을 알려 주겠네!" 오디세우스는 다급하게 소리쳤다.

폴리페모스는 향신료 중에서 펜넬을 찾을 수 없었다. 향신료는 각각의 용기에 담겨 있었다. 박하, 오레가노, 파슬리, 참깨, 백리향이 담긴 병은 보였지만 펜넬이 든 통을 찾을 수 없었다. 그는 실레노스를 불러서 펜넬을 찾아 달라고 부탁했다.

그러는 동안에도 오디세우스는 포기하지 않고 계속 소리쳤다. "사실을 알려 주겠네. 우리는 식량을 사기 위해 자네의 동굴로 온 것이네. 저 욕심 많은 거짓말쟁이 실레노스가 우리에게 맛난 술을 받는 대신 식량을 팔았네. 우리는 그 양식이 당신의 것이고, 저 간사한 하인이 몰래 내주었다는 사실을 전혀 몰랐네.”

“남다른 아름다움을 지닌 신이시여, 나의 주인님, 맹세합니다. 나는 당신의 물건을 팔지 않았습니다! 지금까지 내가 당신을 속인 적이 있나요?”

폴리페모스는 기억을 더듬어 보았다. 실레노스가 여태 자신에게 거짓말을 한 적은 없었다. 그는 이방인의 말을 더 들어 보기로 했다.

“너희는 어디서 왔는가?”

“우리의 조국은 이타카요. 우리는 전쟁으로 정복한 트로이에서 고향으로 돌아가는 길이오.”

“그렇다면 너희는 헬레나를 되찾기 위해 전쟁에 뛰어든 자들인가?”

“바로 그렇소.” 오디세우스가 자랑스럽게 대답했다. “우리는 수많은 영웅적인 업적을 달성했다오!”

“한 여자 때문에 전쟁에 나서다니, 너희의 모험은 부끄러운 일이도다!” 폴리페모스는 그를 비웃었다.

오디세우스는 상황이 나빠지고 있음을 깨달았다. 폴리페모스는 그의 말이나 전쟁 행위에 아무런 감흥도 느끼지 않았다. 따라서 영리한 오디세우스는 신들에 대한 두려움을 자극하기로 했다.

"키클롭스, 내 말을 들어 보시오. 탐식을 자제하고 신들에 대한 신심을 드러내시오. 손님을 환대하고 존중해야 하오. 적어도 먹잇감으로 삼아선 안 되오!"

"제가 한마디 하지요." 실레노스가 끼어들었다. "그자의 살을 한 점도 남기지 말고 다 드세요. 특히 혓바닥은 기막히게 맛있어서 입에서 살살 녹을 거예요"

"이보게 이방인, 나는 신들이 무섭지 않네." 폴리페모스는 딱 잘라 말하고는 신에 대한 자신의 생각을 줄줄이 늘어놓았다. "솔직히 말해 난 제우스가 나보다 막강한 신이라는 걸 이해할 수 없어. 어쨌든 난 전혀 신경 쓰지 않아. 왜 그런지 아는가? 그가 비를 뿌리면 난 이 동굴에 들어앉아 있으면 그만이야. 나는 구운 송아지 고기와 맛좋은 야생 동물을 먹고 우유를 마음껏 들이켜지. 그리고 제우스가 눈을 내리면 나는 따뜻한 가죽옷을 입고 불을 지핀다네. 그가 원하든 원하지 않든, 이 땅은 내 양 떼를 살찌우는 풀을 자라게 한다네. 그리고 나는 내 양들을 다른 신에게 제물로 바치지 않지. 오롯이 나만을 위한 것이니까. 내 생각은 이래. 매일 마시고 먹는 것, 이것이야말로 삶을 제대로 이해하는 자가 섬기는 신이지. 나는 신들과 그들의 규율 따위에는 관심 없어. 누구도 내 즐거움을 방해할 수 없지. 지금 자네를 맛있게 먹는 것과 같은 기쁨을 막을 수 없다고!"

오디세우스는 신들을 들먹거려도 거인에게는 소용없음을 깨달았다.

폴리페모스는 선원들 중 가장 살찐 두 명을 골라 밧줄을 풀었다. 그리고 모닥불에 참나무 장작을 더 넣고는 솥의 물을 끓여 한 명은 끓는 물에 던지고, 다른 한 명은 숯불에 던졌다. 얼마 뒤 식사 준비가 다 되자 폴리페모스는 두 요리를 게걸스럽게 먹어 치우기 시작했다.

그 광경을 본 오디세우스의 부하들은 얼어붙고 말았다. 그들은 밧줄에 묶인 채 겁에 질려 숨도 제대로 쉬지 못했다. 그러나 오디세우스는 달랐다. 모두가 희망을 잃은 그 순간에도 오디세우스는 지혜와 힘을 끌어모았다. 때때로 그는 진정한 천재성을 발휘했다. 천재성이란 무엇인가? 바로 기발한 생각, 직관이나 눈치, 재빠른 대처 능력이다.

"키클롭스, 그렇게 먹은 건 당신 배 속에 그대로 남아 있을 거요. 나를 잠시 풀어 주면 소화가 잘되게 돕는 음료를 대접하겠소."

폴리페모스는 오디세우스의 제안을 받아들여 그를 즉시 풀어 주었다. 영웅은 거인에게 포도주를 내주었다.

"자네 말이 맞아. 맛있는 식사 후에는 기분 좋은 한잔이 필요하지!" 폴리페모스가 열광하며 외쳤다.

오디세우스는 계속해서 포도주를 따랐고, 폴리페모스는 연신 마셔 대며 웃고 노래를 불렀다. 이내 술이 효력을 발휘하기 시작해 폴리페모스의 다리 힘이 풀렸다. 그는 바닥에 드러누워 한 눈을 감고 잠이 들었다. 오디세우스는 거인이 깨지 않게 조용조용히 동굴에서 나와 실레노스들을 불렀다. 그는 낮은 목소리로 속삭였다. "친구들, 나는 여러분의 도움이 필요하오. 키클롭스가 당신들을 노예로 부리는 것을 알고 있소. 그러나 내 편이 되면 곧 자유로운 몸이 될 것이오. 나는 동굴에 있는 올리브나무 장대를 깎아서 끝을 뾰족하게 만든 뒤 불에 달궈, 그것으로 키클롭스의 눈을 찌를 것이오. 나를 도와주겠소?"

"나는 찬성이야!" 첫 번째 실레노스가 엄숙하게 말했다.

"나는 찬성이야!" 두 번째 실레노스가 의젓하게 말했다.

"나는 찬성이야!" 세 번째가 근엄하게 말했다.

"나는 찬성이야!" 네 번째가 경건하게 말했다.

"나는 찬성이야!" 다섯 번째가 당당하게 말했다.

"모두가 찬성이야! 영웅적인 업적을 위하여! 폭군에게 죽음을!" 모두가 입을 모아 동의했다.

그때 폴리페모스가 동굴 입구에 나타나자 실레노스들이 순식간에 사라졌다. 폴리페모스는 비틀거리며 노래하고 흥에 겨워 괴성을 질러 댔다. "저기, 저기에 술이 넘쳐흐르고 여기, 여기서 나는 술취한 돼지처럼 꽥꽥거리네!"

그는 다른 키클롭스들과 술을 나눠 마시고 싶다고 말했다.

그러나 오디세우스가 말렸다. "이 귀한 술은 혼자서 간직하는 편이 좋을 듯하오."

"내가 친구들에게 술을 내주면 그들이 날 좋아할 텐데!"

"그렇지만 취기는 싸움을 일으킨다오!"

"현명한 이방인일세. 자네 이름이 뭔가?" 폴리페모스가 감탄하며 물었다.

"내 이름은 '아무도 아니다'라오." 오디세우스는 기지를 발휘

해 가짜 이름을 댔다. "당신이 내 술과 조언을 기꺼워하니 마음이 뿌듯하구려. 그나저나 뭔가 보상이 있어야 하지 않겠는가?"

"당연히 그래야지. 자네는 맨 나중에 먹겠네!"

오디세우스는 그가 취해서 곯아떨어질 때까지 비위를 맞추며 술을 권했다. 마침내 폴리페모스가 졸음을 이기지 못하고 드러눕자 오디세우스는 동굴로 달려가 부하들을 풀어 주었다. 그들은 다 같이 불에 달궈진 무거운 장대를 높이 들어 올린 뒤 거인의 눈을 향해 힘껏 내리꽂았다. 잠에서 깬 폴리페모스가 괴성을 지르며 몸부림쳤다.

"으, 으아악! 이게 무슨 일이야!" 그는 날벼락을 맞고 어리둥절해하다가 곧 이방인의 계략을 깨달았다. 그는 간신히 일어서서 동굴 입구를 막으며 공격하려고 했다. 그러나 선원들은 눈이 보이지 않는 거인을 피해 재빨리 달아났다.

"키클롭스, 왜 비명을 지르지? 취해서 불구덩이에 넘어지기라도 한 거야?" 실레노스들이 비웃으며 놀려 댔다.

"그자가 나에게 몹쓸 짓을 했어!"

"그자가 누군데?"

"아무도 아니다!"

"그럼 아무 일 없는 거네! 그런데 왜 소리를 질러?"

"아무도 아니다가 내 눈을 찔렀어!"

"그자가 어디에 있는데?"

"아무 데도!"

오디세우스 일행은 무사히 바다로 탈출했다. 그들이 탄 배는 이제 거인의 분노로부터 안전한 곳에 있었다.

"잘 있거라, 폴리페모스!" 오디세우스가 섬을 향해 소리쳤다. "나 오디세우스는 당신을 벗어나 이미 먼 곳에 있다!"

폴리페모스는 눈이 멀었지만 귀는 멀쩡하게 잘 들렸다. 그는 이방인의 진짜 이름을 듣자 당황해서 어쩔 줄 몰라 했다.

"그렇다, 내 이름은 오디세우스다. 당신은 내 부하들을 잡아먹는 악행을 저질렀기에 죗값을 치르는 것이다! 우리가 다시 볼 일은 없겠지!"

폴리페모스는 지치고 상심하여 동굴로 들어가 버렸다. 실레노스들은 한동안 멀어져 가는 배를 바라보며 그리스 영웅의 용기를 칭찬했다. 그러다가 잊고 있던 은혜로운 선물이 갑자기 떠올랐다.

"술! 야호, 그들이 포도주 항아리를 놓고 갔어!"

실레노스들은 부리나케 동굴로 달려갔다. 그들은 이제 술의 신 디오니소스를 섬기는 겸손한 하인이 된 듯 술잔을 들었다. 그리고 바다로 떠난 용감한 영웅들을 위해 건배했다.

에우리피데스
알케스티스

나는 당신 없이는 살고 싶지 않았습니다!

우리는 언제부턴가 심장을 아주 중요하게 여기기 시작했다. 양쪽 허파 사이 가슴에 위치한 그 근육 기관에 사랑과 같은 고귀한 이상과 가장 친밀하고 강력한 감정이 존재한다고 상상하기 시작했다. 아마도 열정은 우리 마음에서 생겨나고, 그곳에서 자리 잡아 뿌리 내리고 자라날 것이다. 어쩌면 심장과 그 박동 소리에는 오래전부터 전해지는 신비가 깃들어 있으리라. 심장이 뛰는 소리는 삶의 기쁨을 들려주는 노래다.

이번 비극은 사랑하는 남편 아드메토스의 심장을 계속 뛰게 하기 위해 자신의 심장 소리를 포기한 젊은 여인 알케스티스에 대

한 이야기다. 사랑은 신비롭고 이
해하기 힘든 감정이어서 정의를 내리기
가 쉽지 않다. 그러나 어떤 상황에서는 그 감
정이 너무나 분명하게 드러나서 아무도 진실을 의심
할 수 없다. 하지만 어떻게 그처럼 비극적인 죽음을 선택할
수 있을까? 다른 사람을 살리기 위해 자신의 목숨을 내줄 수 있을
까?

모든 것은 신들의 다툼과 불화, 보복에서 시작되었다. 아폴론
신의 아들인 아스클레피오스는 어떠한 질병도 치료하는 뛰어난 의
사였다. 그는 죽은 사람도 살려 낼 수 있었다고 한다. 그래서 사람
들은 그가 신이 아니라 인간일지라도 의술의 신으로 숭배하고 존
경했다. 그가 많은 사람을 치료하고 되살린 탓에 죽어서 저승으로
오는 사람의 수가 점점 줄어들자, 제우스는 세상의 질서를 무너뜨
린다고 분노하며 그의 가슴에 번개를 내리쳤다. 아들을 잃은 아폴
론은 복수하기 위해 제우스에게 번개를 만들어 준 키클롭스들을
죽여 버렸다. 제우스는 아폴론에게 인간의 노예로 살면서 참회하

라는 벌을 내렸다. 그는 매일같이 고단한 노동을 하고 노예들과 함께 밥을 먹으며 굴욕감을 느꼈다. 그러나 다행히도 그의 주인인 페라이의 아드메토스왕이 그를 정중하게 대해 주었기에 고통스러운 시간을 견딜 수 있었다. 이후 자유를 되찾은 아폴론은 고귀한 친구가 베푼 호의에 보답하겠다고 다짐했다. 그리고 조만간 그 기회가 찾아왔다.

어느 날 운명의 실을 잣고, 생명의 실을 감고, 이를 자르는 운명의 세 여신 모이라이가 아드메토스를 찾아왔다. 아드메토스의 목숨이 다하여 산 자들의 세상을 떠나 저승으로 갈 때가 된 것이다.

아폴론은 다른 사람이 대신 죽는 조건으로 아드메토스를 살려 달라고 세 여신을 설득했고, 여신들은 그 제안을 받아들였다.

그리하여 아드메토스왕은 자신을 대신해서 희생할 누군가를 찾아야 했다. 그는 신하들, 가장 가까운 친구들, 그리고 그를 낳아 준 늙은 부모에게까지 가서 사정을 말했지만 모두가 고개를 가로저었다. 그러나 단 한 사람, 그의 아내 알케스티스만은 남편을 대신해서 죽겠다고 자청했다.

운명의 여신들과 약속한 날이 다가왔다. 이른 아침이었지만 죽음의 신 타나토스는 이미 궁전 문 밖에서 공물을 거둘 준비를 하고 있었다.

페라이 궁전은 비통한 침묵에 휩싸여 있었다. 갑자기 타나토스 앞에 아폴론이 나타났다. 그는 활을 거머쥐고 단호하게 여신을 막아섰다.

"알케스티스를 살려 주시오!"

"그런다고 내 생각은 바뀌지 않소."

"늙을 때까지 기다려 줄 순 없겠소?"

"나는 젊어서 죽은 자들에게서 더 큰 명예를 얻는다오."

"그러나 그녀가 늙어서 죽는다면 호화로운 장례식이 열릴 것이오. 이 나라의 왕비니까!" 아폴론은 타나토스에게 간청했다.

"자네 말대로라면 부자들은 늙을 때까지 죽음을 미루고, 가난한 자들은 그럴 수 없을 것이오. 그게 공평하다고 생각하시오? 저 여인은 하데스가 지배하는 저승으로 갈 것이오."

"그런 일은 일어나지 않을 걸세. 지금 당장은 자네 뜻대로 할 수 있을지 몰라도!" 아폴론은 수수께끼 같은 마지막 말을 남긴 뒤 사라졌다.

어느새 궁전 앞으로 백성들이 모여들었다. 그들은 사랑하는 왕비의 운명에 대한 어떤 소식이 들리기를 기다리며 조용하고 침착하게 모여 있었다. 알케스티스가 아직 살아 있는지, 끔찍한 교환이 이미 이뤄졌는지 알 수 없었다. 드디어 왕비의 시녀가 나타나 눈물을 흘리며 소식을 전했다. "왕비는 죽음을 준비하고 있습니다. 장례식 준비는 다 되었습니다. 알케스티스는 태양 아래 사는 여인들 중 가장 훌륭한 여인입니다. 어찌 그러하지 않겠습니까? 아내가 남편을 위해 죽는 것보다 더 큰 헌신과 존경은 없으니까요."

그 자리에 있는 모두가 숙연하게 고개를 끄덕였다. 남편들은 그처럼 고결한 정신을 지니지 못한 아내를 원망스러운 눈빛으로 바라보았고, 아내들은 그 시선을 외면했다. 그녀들은 대부분 매일 자신의 배우자에게 엄청난, 어쩌면 부당한 희생을 치르고 있다고 생각했기에 더 큰 희생을 기대하는 것은 터무니없는 요구라고 여겼다.

한편 알케스티스는 궁전의 내실에서 맑은 강물이 담긴 욕조에 홀로 몸을 담그고 있었다. 그녀가 몸을 일으켜 손뼉을 치자 시녀들이 얼른 달려왔다. 시녀들은 그녀의 새하얀 몸을 말리고 가장 아름다운 드레스를 입혀 가장 귀한 보석으로 장식한 뒤 세심하게 머리카락을 빗겼다. 알케스티스는 엄숙한 발걸음으로 집을 수호하는 여신 헤스티아에게 바쳐진 화로 앞으로 다가갔다. 그녀는 손을 높이 쳐들고 불꽃을 바라보며 말했다. "오 신이시여, 저는 준비가 되었습니다. 저승으로 가기 전 당신에게 마지막으로 간절히 청합니다. 어미 잃은 제 아이들을 보살펴 주소서. 아들은 헌신적인 아내를, 딸은 고귀한 남편을 얻게 하소서. 그리고 그들이 부디 오래도록 살게 허락하소서."

알케스티스는 자신의 심장 소리에 귀를 기울였다. 심장은 가슴 속에서 힘차고 고르게 뛰고 있었다. 그녀는 살아 있었다! 그러다가 갑자기 가슴이 두근거리기 시작했다. 그녀가 무언가를 잊었거나 의무를 다하지 못했다는 사실을 깨달을 때 나타나는 증상이었다.

그녀는 그 불안감의 이유가 무엇인지 찾기 위해 주변을 둘러보았다. 침실 문이 반쯤 열려 있었다. 알케스티스는 저항할 수 없는 힘에 이끌리듯 방으로 들어가 침대에 누웠다. 자신이 아끼던 침대에게 마지막 인사를 하지 않았던 것이다. 알케스티스는 양팔로 침대를 껴안고 베개에 입을 맞춘 뒤 말했다. "나의 침대야, 나는 죽어도 좋을 만큼 사랑하는 남자와 이 자리를 공유했고, 이곳에서 내 아이들을 낳았어. 너에게 마지막 인사를 전해. 네가 싫어서 떠나는 게 아니야. 네 앞에서 맹세한 남편과의 의리를 지키기 위해서 죽는 거야. 넌 다른 여자의 소유가 될 거야. 분명히 그 여자는 나보다 고결하지 못하겠지만 운이 좋은 사람일 거야."

알케스티스는 침대 위에 반듯이 누워 배 위에 두 손을 모으고 눈을 감았다. 죽는다는 것은 어떠할까? 잠시 뒤에 알게 되리라. 갑자기 그녀는 화가 치밀어 올라 발을 구르며 이불을 차 버렸다. 머리카락을 헝클어뜨리고 목걸이와 반지를 빼서 멀리 던져 버리고 싶었다. 곧 죽을 터인데 고상한 장식과 금붙이가 무슨 소용이란 말인가? 그러나 이내 그녀의 심장이 다시 고르게 뛰기 시작하고 마음이 침착하게 가라앉았다. 그래, 또 어찌 달리 생각하면 죽음은 특권일 수 있었다. 삶의 모든 고통과 두려움에서 벗어날 수 있으리라. 그녀는 젊고 아름다운 모습으로 죽을 것이기에 영원히 인생의 전성기만 기억될 것이다. 게다가 사랑하는 사람들이 늙고 병들어 죽는 모습을 보는 고통을 피할 수 있다. 결국 언제든 어떤 식으로든 인간은 죽기 마련이고, 어쩌면 이렇게 시간과 장소를 아는 채로 죽음을 맞이하는 것은 바람직한 운명이리라. 아마 더는 머뭇거릴 시간이 없을 것이다. 그녀는 자리에서 일어나 방에서 나갔다. 궁전의 모든 신하가 그녀에게 인사하러 왔다. 그들은 눈물을 흘리며 왕비의 죽음을 슬퍼했다. 그녀는 한 사람 한 사람과 악수하고 인사를 나눴다. 그리고 남편 아드메토스와 포옹했다. 둘은 꼭 껴안으며 서로의 심장 소리를 들었다. 아드메토스는 흐느껴 울면서 자신을 혼자 두고 가지 말라고 애원했다. 알케스티스는 달려오는 아이들을 보고 간신히 마음을 다잡았다. 의젓한 소년인 첫째와 아직 어린 딸이 그녀에게 다가왔다. 갑자기 그녀의 온몸에서 힘이 빠졌다. 여종 두 명이 얼른 그녀를 부축했다.

"저승의 뱃사공 카론이 보여요. 그가 노를 저으며 나를 부르고 있어요." 알케스티스가 꺼질 듯한 목소리로 말했다. "아드메토스, 내 마지막 얘기를 들어 주세요. 나는 내 목숨을 내줄 정도로 당신을 존경합니다. 당신 대신 죽지 않고 다른 사람과 결혼할 수도 있었겠지요. 그러나 나는 당신 없이는 살고 싶지 않았습니다!"

그녀는 다리의 힘이 풀려서 옆에 있는 시녀들을 꽉 붙잡았다. 알케스티스는 선 채로 죽고 싶었고, 시녀들은 있는 힘을 다해 끝까지 돕고자 했다.

"당신의 아버지와 어머니는 당신을 외면했어요. 그분들은 살 날이 얼마 남지 않은 연세이니 아들을 구하고 명예롭게 죽는 편이 나았을 거예요. 그러면 우리 둘이 헤어지는 일도 없었겠죠. 당신이 아내를 잃고 우는 일도, 우리 아이들이 엄마 없이 자라는 일도 없었을 거예요. 그러니 당신은 부모도 베풀지 못한 나의 은혜를 잊어서는 안 됩니다. 나를 대신할 착한 여자가 아니면 결혼하지 말아 주세요. 우리 아이들이 계모의 구박 속에서 자라게 할 순 없어요. 제발 부탁이에요!"

그녀는 마지막으로 아이들을 바라보았다. 아들은 걱정할 필요가 없었다. 그는 아버지를 쏙 빼닮았고 언젠가 이 나라의 왕이 될 것이다. 그녀의 시선이 어린 딸을 향하자 심장이 다시 두근대며 가슴이 울렁거렸다. 그녀는 가엾은 딸을 걱정하며 말했다. "얘야, 네가 결혼할 때 옆에서 도와줄 엄마가 없을 거야. 이 엄마는 네가 아이를 낳을 때 격려해 줄 수 없고, 삶에 지쳐 힘들 때 용기를 북돋울 수도 없구나. 정말 미안하다. 부디 행복하게 잘 살아 다오!"

아드메토스가 아내에게 절실한 마음으로 말했다. "알케스티스, 맹세할게! 이 궁전을 늘 가득 채웠던 꽃과 음악, 연회는 앞으로 없을 거야! 당신과 함께 내 삶의 기쁨은 모두 사라졌어. 나는 예술가에게 당신의 몸을 조각하게 해서 침대에 눕히고, 그 옆에 누워서 당신의 이름을 부르며 두 팔로 감싸 안을 거야. 그것은 싸늘한 기쁨일 테지만 나를 짓누르는 고뇌를 덜어 줄지도 모르지. 그리고 당신은 밤마다 내 꿈속에 나타나 날 위로할 거야. 잠깐일지라도 사랑하는 사람을 본다면 그 달콤함으로 하루를 버틸 수 있겠지."

"어둠의 무게가 내 눈에 드리우는구나." 알케스티스는 한숨 쉬듯 나지막하게 중얼거렸다. 그리고 그녀의 심장이 멈췄다. 그녀는 몸이 빠져나간 옷처럼 시녀들의 팔에서 미끄러졌다.

알케스티스는 침실로 옮겨졌다. 그녀는 가슴 위에 두 손을 모은 채 영원한 잠에 빠졌다. 궁전은 더욱더 깊은 침묵과 암울한 분위기에 휩싸였다. 궁전 밖의 백성들도 무슨 일이 일어났는지 짐작할 수 있었다. 누군가가 혼잣말로 속삭였다. "알케스티스가 이승을 떠났구나."

왕비의 사망 소식은 나라 전체에 빠르게 퍼져 나갔고, 곧이어 아드메토스왕이 나와서 공식적으로 알렸다.

"이 땅의 백성은 머리카락을 밀고 검은 상복을 입도록 하시오." 왕은 한 달의 애도 기간 동안 따라야 할 규칙을 발표했다. "모두 침묵하시오. 곡소리를 크게 울리시오. 악기를 연주하지 마시오. 모두 침묵하기를 간곡히 당부하오. 울어야 할 때만 입을 여시오."

상실의 고통 뒤에는 산 사람이 마땅히 지켜야 할 도리가 있었다. 아드메토스는 예법에 따라 호화로운 장례식을 준비했다. 그런 다음 궁전의 문을 닫으라고 명령했다. 그리고 그는 세상의 모든 기쁨과 즐거움을 향해 마음의 문을 굳게 닫았다. 그런데 그날은 세차게 성문을 두드리는 소리가 들렸다. 하인이 문을 열자 우람한 체격의 남자가 환한 미소를 지으며 서 있었다. 남자는 사자 가죽을 두르고 무거운 몽둥이를 들고 있었다. 바로 헤라클레스였다. 그는 열두

과업 중 여덟 번째 과업을 앞두고 있었다. 디오메데스의 식인 암말 네 마리를 잡아 오는 일이었다. 그가 트라키아로 과업을 수행하러 가는 길에 친구 아드메토스의 집에 들른 것이다.

아드메토스는 헤라클레스를 극진하게 맞았다. 그는 친구가 편히 쉬었다 갈 수 있게 상중이라는 말을 하지 않았다. 그러나 헤라클레스는 심상치 않은 분위기를 감지하고 친구에게 물었다.

"어째서 자네는 머리를 깎고 상복을 입고 있는가?"

"오늘 장례식이 있다네."

"어찌 그리 슬픈 얼굴을 하고 있나? 가까운 사람이 죽었는가?"

"한 여자가 죽었다네." 아드메토스는 막연하게 둘러댔다.

"상중인 사람에게 환대를 받는 건 예의가 아니지." 헤라클레스는 말이 끝나기가 무섭게 떠날 준비를 했다.

그러나 아드메토스가 그를 붙잡았다. "죽은 자는 죽은 거지. 자, 안으로 들어가세. 다른 집으로는 보낼 수 없다네."

그리하여 헤라클레스는 친구의 집에 머물기로 했다. 아드메토스는 손님을 정성껏 맞지 않으면 그의 삶과 이 나라에 더 큰 불행이 찾아오리라고 생각했다. 인간이 서로 돕는 것은 신들의 신성한 뜻이었다. 왕은 자신의 의무를 다하려 했고, 이를 본 사람들은 그의 신중한 태도를 칭찬했다.

"고귀한 사람일수록 겸손한 법이지."

아드메토스는 하인들에게 손님 접대를 맡기고 다시 장례식 준비에 나섰다. 그때 아버지 페레스가 그를 위로하러 왔다. "아들아, 네가 고귀하고 순결한 아내를 잃었으니 내 마음도 아프구나." 페레스는 두 팔을 활짝 펴고 아들을 안으려고 했다.

아드메토스는 본체만체하며 가만히 서 있기만 하다가, 원망의 감정을 한껏 드러내며 아버지를 향해 맹렬한 말을 퍼부었다. "여긴 무슨 낯으로 오셨어요? 세상에 아버지만큼 비겁한 사람은 없어요. 당신은 그토록 연로하고 인생의 막바지에 도달했으면서도 아들을 위해 죽을 용기가 없었어요. 늙은이들이 노년과 긴 세월을 불평하며 죽고 싶다고 말하는 건 헛소리에 불과해요. 정말로 죽음이 다가오면 아무도 죽기를 원치 않고, 늙은 나이도 그들에게 더 이상 짐이 되지 않으니까요."

"네 오만함이 도를 넘는구나!" 페레스는 노여움에 고함을 쳤다. "내가 너를 낳고 이 집의 주인으로 키웠으나 너를 위해 죽을 의무는 없다. 너는 햇빛을 보면 좋지 않으냐? 나도 그러하다! 젊고 잘난 남편을 위해 죽은 여자보다 못한 네가 감히 나를 비겁하다고 비난하다니! 너는 죽지 않을 방법을 잘도 생각해 냈구나. 너와 결혼하는 여자를 설득하면 그만일 테니까. 아내를 많이 얻으면 너 대신 죽을 사람도 많아지겠지!"

"늙어서 죽는 것과 젊어서 죽는 게 어디 같겠어요?" 아드메토스는 화가 나서 쏘아붙였다.

연로한 아버지는 아들의 눈을 똑바로 바라보았다. 그는 평소의 침착함을 되찾고 자리를 뜨기 전에 진심을 담아 말했다. "누구든 목숨은 하나란다. 네 목숨이 귀하면 남의 목숨도 귀한 법이야."

그사이 헤라클레스는 궁전에서 한바탕 난리를 피우고 있었다. 그는 끝도 없이 먹어 대고 엄청나게 마셔 댔다. 하인들은 계속되는 그의 요구에 지쳐 버렸다. 게다가 헤라클레스는 주인의 대접이 시원찮다며 불만을 드러냈다. 손님의 흥을 돋우는 음악과 춤이 없는 데다 주인은 온데간데없이 사라져 버렸다. 아드메토스는 도대체 어디에 있는가? 그는 어째서 부루퉁한 얼굴에 눈살을 찌푸리는 하인들에게 친구를 홀로 남겨 두었을까? 한 여자가 죽었다고 궁전 전체가 이리도 암울할 수 있는가?

헤라클레스는 더 생각하지 않기로 했다. 그는 목청껏 노래를 부르고 술을 마시며 하인들에게 같이 즐기자고 권했다. 그러나 그들은 여전히 못마땅한 표정만 짓고 있었다. 헤라클레스는 참다못해 벌컥 화를 내며 한 하인의 멱살을 잡고 흔들면서 물었다. "도대체 무슨 일이야? 인간은 누구나 죽기 마련이야! 내일도 살아 있을지는 아무도 몰라."

"우리 전하는 손님에게 너무나 극진하십니다." 하인은 어쩔 수 없이 사실대로 말했다. "당신은 손님을 맞기 어려운 때에 오셨습니다. 우리는 상중입니다. 보시다시피 머리를 밀고 검은 옷을 입고 있습니다. 아드메토스왕의 아내가 죽었습니다."

"그런 상황에서 나를 접대했단 말인가?" 헤라클레스가 놀라며 물었다. 그는 모이라이와 아드메토스가 맺은 약정을 알고 있었다. 그래서 알케스티스가 남편을 위해 조만간 목숨을 바칠 것이라는 사실을 알았지만, 그날이 아직 멀었다고 생각했다.

"오 불쌍한 사람, 그 훌륭한 아내를 잃다니!" 헤라클레스가 탄식했다.

"우리 모두가 죽은 것이나 다름없습니다." 하인이 울먹이며 말했다. 그 말은 명확히 사실로 보였다. 암울한 죽음의 그림자가 궁전 전체에 드리워져 절대 걷히지 않을 것만 같았다.

"나는 방금 죽은 여인을 구해서 이 집으로 데려와 아드메토스에게 감사의 마음을 표하고 싶소. 나는 알케스티스의 묘지로 가서 타나토스와 싸우겠소. 타나토스를 붙잡아 두 팔로 휘감고 그 여인을 나에게 넘겨주기 전에는 풀어 주지 않을 것이오." 헤라클레스는 계획을 실행에 옮기기 위해 한시도 지체하지 않고 궁전을 뛰쳐나갔다.

한편 아드메토스는 불안하게 궁전 안을 서성거렸다. 아버지의 말이 계속 신경 쓰였다. 그는 혼잣말을 중얼거렸다. "죽은 자들이 부러워. 저세상에서 그들과 살고 싶어. 앞으로 내가 무슨 면목으로 이곳에서 살겠는가. 적들은 나를 보며 비웃겠지. 죽을 용기가 없어서 아내의 생명을 주고 저승을 피한 겁쟁이라고!"

알케스티스를 잃은 아픔은 이루 말할 수 없었다. 이제 그는 모이라이와 약정을 맺은 스스로를 깊이 원망했다. 알케스티스의 웃음과 말소리와 발걸음이 없는 궁전은 공허하고 찬 기운만 가득했다. 그는 침실 앞에 멈춰 섰다. 방문이 반쯤 열려 있었다. 잠시 동안 그녀가 아직 살아 있다는 상상을 했다. 그를 안고, 위로하고, 웃게 해주는 아내가 방 안에서 기다리고 있다고. 그러다가 고통스럽기만 한 열망을 떨쳐 버리려 했다. 그때 또다시 세차게 성문을 두드리는 소리가 들렸다.

헤라클레스가 다시 친구 집을 찾아왔다. 이번에는 혼자가 아니었다. 그의 옆에는 베일로 얼굴을 가린 한 여인이 있었다. 그녀는 부끄러운 듯 고개를 살짝 숙인 채 말없이 서 있었다.

"아드메토스, 친구와는 편하게 얘기해야 하네. 자네는 죽은 여자가 부인이라는 사실을 내게 말하지 않았고, 가족과는 상관없는 상을 주재하는 것처럼 나를 궁전으로 맞아들였지. 나는 그것이 매우 유감스럽네. 참 서운해." 헤라클레스가 통명스럽게 말했지만 이내 마음을 누그러뜨렸다. "나는 자네가 아내의 죽음으로 더는 슬퍼하지 않길 바라네. 내가 새로운 과업을 마칠 때까지 이 여인을 거둬주시게. 디오메데스의 난폭한 말들을 이끌고 다시 올 때까지 여종으로 두게나."

아드메토스는 단번에 친구의 호의를 거절했다. 친구의 기분을 상하게 할지라도 그럴 수는 없었다. 그는 집 안에 다른 여자를 들이지 않겠다고 알케스티스에게 엄숙히 맹세했다. 그러나 헤라클레스는 막무가내로 고집을 부렸다. 그는 아드메토스에게 그녀가 얼마나 아름다운지 보고 손을 잡으라고 했다. 친구의 간곡한 청을 뿌리칠 수 없던 아드메토스는 어쩔 수 없이 여인의 손을 잡았다.

"손을 잡았는가?" 헤라클레스는 간신히 웃음을 참으며 물었다.

"그러하네." 아드메토스는 불편한 기색을 보이며 대답했다. 따듯하고 부드러운 작은 손이 그의 마음을 뒤숭숭하게 했다.

"그러면 그녀를 거둬 주시게." 헤라클레스는 여인의 얼굴에서 베일을 걷었다. "자, 보시게. 자네 아내와 닮지 않았나? 이제 애도는 접으시게. 오늘 큰 행운이 자네에게 내렸네."

"지금 내 앞에 있는 사람이 정말 내 아내인가? 아니면 신의 장난으로 헛것을 보고 있나?"

그 여인은 정말로 알케스티스였다. 그녀가 살아 돌아온 것이다. 아드메토스는 그녀의 얼굴을 어루만지고 눈에 입맞춤했다. 그는 한없이 기쁜 마음을 털어놓았지만 이상하게도 알케스티스는 아무 말이 없었다.

"왜 그녀는 아무 말도 않고 가만히 있기만 하는가?" 아드메토스가 헤라클레스에게 물었다.

"셋째 날의 해가 떠오르면 저승과 이어진 끈이 끊어져 말을 할 수 있다네."

헤라클레스는 새로운 과업을 수행하기 위해 떠났다. 그는 집으로 돌아가기 전까지 여전히 많은 고난과 역경을 헤쳐 나가야 했

다. 아드메토스는 아내가 살아 돌아왔다는 소식을 전하며 백성들에게 춤과 노래로 축하하라고 명했다. 백성들은 환호하고 열광했다. 알케스티스는 아직 정신이 얼떨떨한 상태로 남편의 팔을 잡고 궁전으로 들어갔다. 그녀에게 색깔과 냄새, 소리는 이전보다 더 생생하고 강하고 진짜인 듯한 강렬한 인상을 주었다. 그녀는 두려움에 떨며 집 안으로 걸어 들어갔다. 가슴에서 규칙적으로 뛰는 심장 소리가 분명하게 들렸다. 그러다가 박동이 빨라지며 가슴이 두근거렸다. 그녀는 침실 앞에 있었고 방문은 반쯤 열려 있었다. 그 문을 넘어서면 예전의 삶으로 돌아갈 것이다. 그 삶이 행복할지 실망스러울지는 알 수 없었다. 아마도 그녀는 먼 훗날 다시 죽음을 맞거나 예상보다 빨리 그날을 맞이할 것이다. 헤라클레스가 그녀를 이승으로 데려왔지만, 어쩌면 그녀는 과거의 비극을 반복하게 될지도 몰랐다.

아드메토스는 혼란스러워하는 아내를 보고는 손을 잡고 방으로 이

끌었다. 알케스티스는 방 안을 둘러보면서 자신이 그토록 사랑했던 모든 것을 다시 보았다. 집으로 돌아왔다는 생각만으로도 가슴 벅찬 기쁨이 차올랐다. 그곳에는 그녀가 항상 행복감을 느끼던 소소한 일상의 즐거움이 있었다. 아침에 일어나서 보는 창밖의 풍경, 계절에 따라 변하는 눈부신 햇살, 싱그러운 향기를 전하는 화분의 식물들…….

알케스티스는 미소를 지으며 불안감을 떨쳐 냈다. 그녀는 아드메토스에게 입을 맞추고 목욕하기 위해 달려가, 따뜻한 물이 채워진 욕조에 몸을 기댄 채 다시 찾은 일상의 기쁨을 오랫동안 만끽했다. 그리고 욕조 안을 가볍게 떠다니며 편안한 마음으로 눈을 감았다. 인생은 아름답다고 생각하면서.

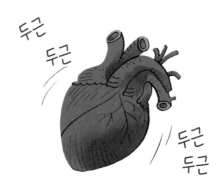

에우리피데스
박코스 여신도들

먼저 이마에 드리운 부드러운 곱슬머리를 잘라 내고,
그런 다음 감옥에 가둘 것이네.

아주 먼 옛날, 아름다운 나라 테베에 남녀노소가 살고 있었다. 세상의 다른 나라와 다를 게 없었다. 그런데 어느 날 이 나라의 모든 여자가 사라졌다. 여자들은 갑작스럽게 아무 이유도 없이 집과 가족과 일을 내팽개쳤다. 세 명의 공주가 인도하는 여성들의 행렬은 뾰족한 바위들이 솟고 소나무가 우거진 키타이론산의 비탈길로 향했다. 어떤 신비스러운 기운이 그들의 삶을 지배하고 기이한 행동을 하도록 이끈 것 같았다. 여자들은 으슥하고 황량한 장소에서 새로운 신을 숭배하는 의식을 치렀다. 그 신은 바로 나다. 그녀들은 나를 숭배한다. 이 모두는 내가 꾸민 일이다. 나는 그녀들을 미치게 만들어 내 원한과 복수심의 희생양이 되게 만들었다. 나는 누구인가? 무엇 때문에 복수하려고 하는가? 그리고 누구에게?

나는 항상 여자들의 추앙을 받았다. 나는 아름답다. 나는 마음을 어지럽히고 현혹하는 신비로운 아름다움을 지녔다. 누구든 나의 깊은 눈을 들여다보고 있으면 거기에 빠져 헤어 나오지 못한다. 입술은 여성의 입술처럼 매끄럽고 도톰해서 내가 말을 하면 거기서 눈을 떼지 못한다. 많은 사람이 내 머릿결을 부러워한다. 금발의 곱슬머리는 풍성하고 윤기가 흐른다. 나는 포도송이로 만든 띠를 이마에 두르고 있다. 금빛 머리카락과 자줏빛 포도가 대비되어 강렬한 인상을 심는다. 내 이름은 디오니소스

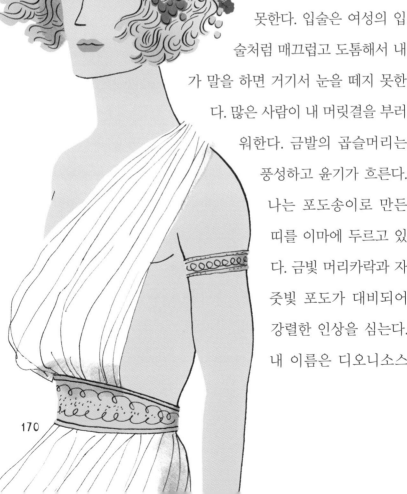

170

다. 그리고 나는 신이다. 내가 신이라는 사실을 부정하는 사람들이 있다. 나는 그들에게 앙심을 품고 있다.

나의 어머니는 이곳 테베에서 돌아가셨다. 내 어머니 세멜레가 번갯불에 타 죽은 지점은 궁전에서 멀지 않은 곳이다. 나의 외조부 카드모스는 그곳에 사람들이 접근하지 못하게 신성한 울타리를 쳐 놓았다.

과거 이야기를 자세하게 들려주겠다. 제우스 신은 나의 어머니를 몹시 사랑했다. 제우스는 그녀에게 어떠한 부탁이라도 들어주겠다고 약속했다. 그들의 관계를 질투한 헤라는 세멜레의 유모였던 베로에로 변장해서 접근했다. 그리고 옛 유모를 신뢰하는 세멜레를 꼬드겼다. "제우스는 신이니 그의 진짜 모습을 보여 달라고 부탁하세요."

세멜레의 간곡한 요청에 못 이긴 제우스는 본래 모습인 번개로 변했고, 내 어머니는 그 강렬한 불빛에 타 죽고 말았다. 그때 나는 어머니의 자궁에 있었다. 사람들은 나도 신의 열기에 타 죽었을 것이라고 믿었다. 그러나 제우스는 나를 구해서 자신의 허벅지에 숨겼다. 나는 살아남았고, 성장했고, 강해졌다. 나는 청년이 된 후에 세상 곳곳을 돌아다녔다. 황금이 넘쳐나는 리디아와 프리기아에 머물렀고, 태양이 작열하는 페르시아 평원을 가로질렀으며, 성벽으로 둘러싸인 박트리아, 혹한의 땅 메디아와 풍요로운 아라비아를 지나 바다 건너 아시아까지 이르렀다. 그리고 가는 곳마다 나를 섬기는 종교를 세웠다. 따라서 나를 따르는 신도의 수가 많아졌다. 그들은 노래하고 춤추며 나, 디오니소스를 섬기는 의식을 치렀다. 그 광란의 축제에서 인간은 가장 본능적이고 시적이고 신비로운 영혼을 자유로이 분출한다. 내 이름으로 격정과 환희의 무대가 펼쳐진다.

나는 세계 여행을 마치고 그리스 나라들에 정착하기로 마음먹었다. 그 가운데 처음으로 온 나라가 이곳 테베다. 그 이유는 내 어머니가 태어나고 죽은 이 나라에서 어머니의 자매들인 아가우에, 이노, 아우토노에가 내가 신이라는 사실을 부인했기 때문이다. 그들은 인간의 아이를 가진 세멜레가 제우스 신과의 사랑 이야기를 꾸며 냈고, 그 거짓말 때문에 제우스가 벼락을 내려서 죽었다고 비난했다. 그러면 나는? 나는 어떻게 살아남았을까? 무엇보다도 내가 제우스의 아들이 아니었다면 이 나라의 여자들을 죄다 미치게 할 만큼 강력한 힘을 지닐 수 있었을까?

나는 그러한 모함과 악담에 분노가 치솟아 벌을 내리기로 했다. 그래서 테베의 여자들에게 광기를 불어넣어 집에서 뛰쳐나와 나를 숭배하게 만들었다. 그들 중에는 어머니의 자매들도 있었다. 나는 그들 모두를 산으로 보내 술과 무아지경의 신 디오니소스를 찬양하게 했다. 술에 취한 여자들은 머리를 풀어헤친 채 내 이름을 부르며 지칠 때까지 광란의 춤을 추었다. 몸에는 호랑이나 표범 가죽만 걸쳤고, 포도나무 잎사귀나 담쟁이덩굴로 만든 허리띠를 둘렀다. 그리고 디오니소스 신을 상징하는, 솔방울이 끝에 달린 지팡

이 티르소스와 횃불을 흔들며 소리치고 원을 그리며 펄쩍펄쩍 뛰었다. 그중에는 북과 탬버린을 치고 피리를 부는 자도 있었다. 광란이 절정에 달하면 어떤 자는 정신을 잃고 땅에 쓰러졌고, 어떤 자는 황홀경에 빠져 환영을 보기도 했다. 나를 추종하는 여자들, 즉 박코스 여신도들은 신을 숭배하는 것을 넘어 소유하려고 했다. 그런 이유로 나는 그들에게 막강한 영향력을 행사했다. 이 나라의 남자들 중에도 나를 믿는 사람들이 있었고, 나를 배척하는 무리도 있었다.

외조부 카드모스는 나를 존중하고 두려워했으며, 디오니소스를 숭배하는 종교에 관심을 가졌다. 나는 그의 딸의 아들이기에 그와 닮은 데가 있다. 그러나 나의 신성은 신비로움과 두려움을 불러일으킨다. 어쩌면 이 때문에 그 노인의 마음은 혼란스러웠을 것이다. 그는 왕권을 이미 손자의 손에 넘겼다. 따라서 이 나라의 왕은 아가우에의 아들이자 내 사촌인 펜테우스였다. 그는 나를 격렬하게 반대하고 비난했지만, 예언자 테이레시아스는 나의 신성을 믿고 공경했다.

내가 테베에 도착한 날, 카드모스와 테이레시아스가 만나서 감격스러운 마음을 나누었다.

"친애하는 테이레시아스, 디오니소스 신도처럼 옷을 입고 담쟁이덩굴로 머리를 장식하고 티르소스를 들고 경배하러 가세. 디오니소스는 내 딸의 아들이고, 인간들에게 이미 신성을 드러냈다네. 우리가 할 수 있는 한 그가 더 위대한 신이 되게 하지. 그를 위해 춤을 추자고! 물론 그러기에는 우리가 많이 늙었다는 것을 아네. 하지만 우리가 노인이라는 사실을 잊을 만큼 내 마음이 기쁘다네. 테이레시아스, 안내해 주시게. 우리가 어디로 가야 하는가?"

"나도 다시 젊어진 기분으로 축제에 참여할 거요."

"술의 신을 기리기 위해 춤추러 가는 남자가 이 나라에서 우리뿐인가?"

"그럴 거요. 현명한 사람은 우리밖에 없을 테니."

나는 그들이 오랜 친구처럼 팔짱을 끼고 축제 장소를 향해 걸어가는 모습을 바라보았다. 그들이 변장한 모습은 진지한 표정과 백발, 굽은 등과 대조를 이루어 익살스러운 장면을 연출했다.

두 노인은 길을 가다가 펜테우스와 마주쳤다. 얼마 전 펜테우스는 디오니소스 제전에 참여하는 여자들을 체포하라고 명령했다. 도시 변두리의 외진 곳에서는 포도주 병을 숨겨 나온 여자들이 심심찮게 발견됐는데, 병사들은 범죄자를 다루듯 그녀들의 손을 묶고 감옥으로 끌고 갔다. 펜테우스는 두 노인에게 우스꽝스러운 화관을 벗고 집으로 돌아가라고 말했다. 테이레시아스는 디오니소스 숭배가 얼마나 위대한지, 무아지경이 무엇이고 박코스 여신도들이 어떻게 환영을 보는지 등을 설명하면서 그를 설득해 보려고 했다.

"허튼소리는 집어치우시오!" 펜테우스가 불편한 심기를 드러냈다. "사람들은 그자가 리디아 땅에서 넘어온 사기꾼 주술사라고도 말하오. 자줏빛 혈색에 향기로운 금발 곱슬머리, 눈에는 아프로디테의 은혜가 서려 있다지. 내가 이 땅에서 그자를 잡으면 그는 더 이상 티르소스를 두드리며 머리채를 흔들어 대지 못할 거요. 참수형에 처해질 테니까. 디오니소스가 제우스의 허벅지에서 나온 신이라고? 절대로 그럴 리가 없소! 그 아이는 신들의 왕과 사랑했다고 거짓말한 그의 어머니와 함께 타 죽었소."

"얘야, 테이레시아스의 말을 듣거라!" 카드모스가 애원하듯 말했다. "신에게 맞서지 말고 우리와 뜻을 같이하자. 그가 신이 아니라고 믿더라도 그 말은 마음속으로만 하고 입 밖으로 꺼내지 말거라."

펜테우스는 경멸적인 시선으로 조부를 바라보았다. "광란의 축제에나 가십시오. 그 광기를 나에게 옮기지는 마세요! 나는 이곳에 몹쓸 질병을 퍼뜨린 그 이방인을 잡아들일 겁니다. 그자를 잡으면 쇠사슬에 묶어 궁전으로 끌고 가서 처형할 것이고요."

두 노인은 겁에 질려 자리를 떴다. 나는 길에서 만난 병사들에게 일부러 체포되었다. 그들에게 내 손을 묶게 하고 웃으면서 궁전으로 달려갔다. 나는 구체적인 계획을 세워 두었다. 왕을 만나기 전에 내 능력을 써서 감옥에 갇힌 여자들을 풀어 줄 셈이었다. 그들의 손목을 묶은 밧줄이 스르륵 풀리고 발목을 옥죄던 쇠사슬이 저절로 끊어졌다. 그리고 감방의 문이 열렸다. 간수들은 깊은 잠에 빠져 있었다. 여자들은 숲으로 돌아가 다시 의식에 참여했다.

병사들이 나를 펜테우스 앞으로 데려갔을 때, 그는 걱정스러운 얼굴로 생각에 잠겨 있었다. 방금 여자들이 탈옥했다는 보고를 받았기 때문이다. 그러나 나를 보자 펜테우스는 곧장 표정을 바꾸고 내 손의 결박을 풀어 주라고 명령했다. 어쨌든 나는 아무런 저항도 하지 않았다. 그는 한참 동안 나를 주의 깊게 관찰했다.

"인물이 잘난 이방인이군." 펜테우스가 나를 위아래로 찬찬히 훑어보며 말했다. "적어도 여자들의 눈에는 그러하겠지. 그리고 자네는 여자들을 홀리려고 이곳 테베에 왔을 테고. 뺨까지 내려오는 긴 곱슬머리에 새하얀 피부…… 분명 햇빛을 피해 그늘에 숨어 사는 괴짜일 테지! 자네는 누구인가?"

나는 간신히 웃음을 참았다. 그리고 꾸며 낸 이야기를 풀어냈다. 나는 먼 나라에서 왔고, 얼마 전부터 디오니소스 제전을 주관하고 있으며, 그를 기리는 의식에 대해 잘 알고 있다고 말했다.

"그 의식은 어떻게 진행되는가?" 펜테우스는 호기심 가득한 목소리로 물었다.

"신도가 아닌 자에게는 밝힐 수 없습니다. 그 신앙은 알려질 가치가 있지만, 당신은 그것에 대해 알 수 없습니다."

"더 알고 싶게 만들려고 얕은수를 쓰는군!" 펜테우스는 발끈 화를 내더니 끈질기게 물었다. "그 의식은 밤에 치르는가, 낮에 치르는가?"

"주로 밤에 거행됩니다. 어둠은 신성한 기운을 가져오니까요."

"부정과 악행이 난무하겠군!"

"부적절한 행위는 낮에도 저지를 수 있지요."

펜테우스는 놀라움과 호기심이 가득 찬 눈으로 나를 바라보았다. 나는 그를 똑바로 바라보았고, 그가 내 눈빛에 이끌리고 있다는 것을 느꼈다.

"나를 처벌하실 겁니까?"

"너는 벌을 받아야 한다. 먼저 이마에 드리운 부드러운 곱슬머리를 잘라 내고, 그런 다음 감옥에 가둘 것이네."

"내가 청하면 신이 나를 풀어 줄 것입니다."

나는 쇠사슬에 묶여 끌려가면서도 위대한 디오니소스 신이 나를 감옥에서 구해 줄 것이라고 외쳤다. 그리고 감방에 들어가서는

두 눈을 감고 정신을 집중했다. 나는 지진의 신을 불러냈다. 무시무시한 굉음이 들리더니 땅이 갈라지며 궁전을 무너뜨렸다. 펜테우스는 폐허가 된 궁전을 바라보며 절규했다. 나는 그의 앞에 나타났다.

"어떻게 탈출해서 지금 여기에 있는가?"

"신이 풀어 줄 것이라고 말했잖습니까."

그때 한 목동이 펜테우스를 찾아왔다. "전하, 조금 전에 가축들에게 풀을 뜯게 하며 산비탈을 오르다가 여자 무리를 만났습니다. 그들은 소나무 그루터기에 등을 기대어 앉아 있거나 땅바닥에 아무렇게나 드러누운 채로 자고 있었습니다. 그중에는 전하의 어머니 아가우에도 있었지요. 소 울음소리가 들리자 아가우에가 벌떡 일어나 고함을 지르며 여자들을 깨웠습니다. 여자들은 산발한 머리로 일어나서 옷을 가다듬고 그들의 뺨을 핥는 얼룩덜룩한 뱀을 허리에 두르더군요. 어떤 이는 늑대 새끼와 사슴을 돌보았고, 다른 이는 담쟁이덩굴로 머리를 장식했습니다. 한 여자가 지팡이를 쥐고 바위를 치니 거기서 물이 흘러나왔고, 땅을 치니 포도주가 샘솟았습니다. 만약 그 광경을 직접 보셨다면 신에 대한 경외심이 솟구쳤을 겁니다. 전하가 비난하는 그 신에게 머리를 조아렸을 것입니다. 저는 친구들과 힘을 합해 아가우에를 이리로 모셔 오려고 했지만, 우리가 잡으려고 하자 그녀가 사납게 공격했습니다. 우리는 가까스로 빠져나왔지만, 그러지 못했다면 사지가 갈기갈기 찢겼을 것입니다. 여자들은 힘이 세고 몹시 난폭했습니다. 전하, 디오니소스 신을 받아들이세요! 그는 강력한 데다 인간에게 이로운 신입니다. 우리에게 젖줄과도 같은 포도나무를 주었으니까요. 포도주는 인생을 즐겁게 하고, 그것 없이는 아프로디테 여신도 힘을 쓰지 못합니다."

펜테우스는 목동의 말을 들으려고 하지 않았다. 그는 병사들에게 박코스 여신도들을 공격하라고 명령했다. 나는 그에게 신과 맞서 싸울 필요는 없다고 조언했다.

"이 문제를 해결할 다른 방법이 있어요. 무력을 쓰지 않고도 여자들을 데려올 수 있습니다."

펜테우스는 기대하는 눈빛으로 나를 바라보았다. 나는 그의 눈을 똑바로 바라보았고, 그가 내 손아귀 안에 있다는 것을 깨달았다. 그는 내 눈 속에 빠졌고, 거기서 절대 헤어 나오지 못할 것이다.

"너는 궁금해서 가 보고 싶지. 훔쳐보고 싶어 안달이 났지!"

그는 곧바로 인정하지 않았고 적어도 말로는 수긍하지 않았지만, 그의 눈빛은 분명한 의사를 표현하고 있었다. 그의 단호하고 공격적인 태도는 사실 미지의 신앙에 대한 호기심과 그것의 자유분방함에 빠져들고 싶은 욕망을 숨기고 있었다. 나는 그에게 여자로 변장하라고 주문하면서, 그래야만 들키지 않고 여자들만 있는 키타이론산의 축제에 갈 수 있다고 설명했다. 펜테우스는 내키지 않았지만 어쩔 수 없이 여자처럼 꾸몄다. 그는 연체동물의 족사에서 얻은 천연 비단실로 만든 드레스를 입고 긴 머리 가발을 썼다. 그리고 사슴 가죽을 어깨에 두르고 티르소스를 든 채 순순히 나를 따랐다. 그는 함정에 걸려들었다.

나는 산으로 가기 전에 그의 귀에 속삭였다. "너는 봐서는 안 되는 것을 보려 하고, 해서는 안 되는 행동을 갈망한다. 펜테우스, 내 너에게 말한다. 밖으로 나가서 박코스 여신도처럼 차려입은 네 모습을 보여라. 네 어머니와 그 무리를 염탐하라!"

펜테우스는 최면에 걸린 듯 내 명령을 따랐다.

"나는 일곱 성문이 있는 두 개의 테베와 두 개의 태양을 보는 것 같습니다. 나를 인도하는 당신은 황소처럼 보입니다."

우리는 도시를 떠나 아소포스강을 건너 키타이론산의 비탈길로 나아갔다. 가파른 절벽 사이 움푹 파인 곳의 소나무 숲 그늘 아래 박코스 여신도들이 있었다. 우리는 그곳에서 멀지 않은 낮은 구릉지에서 멈췄다. 그러나 펜테우스는 더 가까이 가고 싶어 했다.

"이방인이여, 이 위치에서는 범죄 현장을 잘 볼 수가 없나이다. 그들의 끔찍한 행위를 또렷이 볼 수 있게 날 소나무 꼭대기로 올려 주시오."

"너는 궁금해서 가 보고 싶지. 훔쳐보고 싶어 안달이 났지!"

나는 키 큰 소나무의 가지를 잡고 땅으로 끌어 내렸다. 나무가 활처럼 휘었다. 펜테우스는 빨리 비밀 의식을 보고 싶은 열망에 아무것도 눈치채지 못한 채 나무에 올랐다. 나는 천천히 나무에서 손을 뗐다. 그가 높은 곳에 오르자 아래에서도 그가 잘 보였다.

"신도들이여!" 나는 소리쳤다. "우리의 적이 저기 있다! 그대들과 나와 나를 위한 의식을 조롱하는 자다! 저자를 처단하라!"

여자들은 일제히 펜테우스가 있는 쪽으로 달려갔다. 광기에 사로잡힌 아가우에는 아들을 알아보지 못했다. 그녀는 앞장서서 무리의 행동을 지휘했다. 나무를 뿌리째 뽑고, 그를 공격하라고 명령했다. 아가우에는 환각 상태에서 아들을 사자로 보았다.

"어머니, 저예요. 당신 아들이에요! 살려 주세요!" 펜테우스가 고함을 질렀다. "비밀을 말하지 않을게요. 제발 살려 주세요!" 그러나 그녀에게는 아무 소리도 들리지 않았다. 아가우에는 더 격렬한 공격을 가했고, 잠시 후 펜테우스는 의식을 잃고 비참한 죽음을 맞았다.

그제야 아가우에는 제정신으로 돌아와 자신이 저지른 끔찍한 짓을 깨달았다. 그녀는 절망하며 아버지 카드모스를 찾아갔다. 그들은 어째서 그런 광란과 비극이 일어났는지 이해하지 못한 채 슬퍼하고 탄식했다.

나는 그들을 지켜봤고, 카드모스는 나를 보자 무릎을 꿇고 머리를 조아렸다. "디오니소스 신이여, 우리를 용서해 주소서. 우리가 잘못했습니다."

"너희는 너무 늦게 깨달았다. 너희는 나를 알아보지 못하고 모욕하였다. 나는 신이다." 나는 냉혹하게 잘라 말했다.

마치 독화살이 날아오듯 그 한 마디 한 마디가 카드모스의 마음에 꽂혔다. 그는 감히 고개를 들지 못한 채 나지막한 소리로 중얼

거렸다. "신들의 분노는 인간이 헤아리기 어렵습니다. 그들은 우리에게 생명을 주고 '아버지'라고 부르게 하지만, 우리의 고통 앞에선 손가락 하나 까딱하지 않고 지켜보기만 합니다!"

드디어 내 복수가 끝났다. 그러나 완벽한 결말을 위해서는 한 가지를 더 해야 했다. 신이 존재하지 않을 것이라는 의혹을 인간에게 다시 불어넣는 것이다. 사실 그들의 모든 고통은 한여름의 끔찍한 악몽에서 비롯되었다. 술의 취기나 신비한 광기가 불러온 무서운 환영이 그들을 미치게 만들고 삶을 파괴했다. 여기서 신이 없다는 의혹은 인간을 더욱 고통스럽게 한다. 그들이 저지른 잘못의 책임은 그 누구도 아닌 자신에게 있기 때문이다. 그래서 그들이 절망하고 가슴을 치며 통곡하는 동안, 나는 슬금슬금 뒤로 물러서며 조용히 테베 땅을 떠났다. 요컨대 신은 인간에게 가혹한 장난을 친다. 신이 없다고 믿게 하면서 그 인생에 관여해 사건을 일으키고 각자의 운명으로 이끈다. 그런 다음 아무 일도 없던 것처럼 홀연히 사라진다. 그날 나는 새로운 땅에 내 종교를 전파하기 위해 또다시 길을 나섰다.

아리스토파네스

개구리

저녁이 되자 개구리들이 파란색 벨벳 정장을 우아하게 차려입고 숲에 모였다.

그들은 절도 있고 빠르게 반원형으로 대열을 이루었다. 그들 앞에는 가장 나이 많은 개구리가 서 있었다. 눈 아래에 두툼한 주머니가 달린 진녹색의 커다란 개구리였다. 말쑥한 정장 차림에 아주 근사한 흰 장갑을 끼고 오른쪽 앞발에는 너도밤나무 지휘봉을 쥐고 있었다. 그는 개구리들을 바라보며 심호흡을 하고 팔을 들어 시작 신호를 주었다. 개구리들의 합창이 시작되었다. "크라크라아크라 크라크라라크리크라크리크라! 크라크라아크라 크라크라크리크라

크리크라! 크라크라라아크라 크라크라 크리크라 크리크라!"

지휘자 개구리가 격렬하게 지휘봉을 휘둘렀다. "크라크라아
크라크리크라아아, 크라크라라크라아아, 크라크라크라, 크리크라, 크
리크라아아!"

그러다가 어느 순간 지휘자가 주먹을 쥐자 합창단은 조용해졌
다. 개구리들은 연주에 만족해하며 고개를 숙여 서로서로 훌륭한
공연을 축하했다. 그리고 차례대로 지휘자 개구리의 앞발을 잡고
흔든 뒤 뿔뿔이 흩어져서 숲속으로 뛰어 들어갔다.

그들이 머문 자리는 휑하니 비어 있었다. 그날의 마지막 햇살

이 나뭇가지 사이로 희미하게 스며들었다. 태양은 지기 시작해서 언덕 뒤로 완전히 사라졌다. 얼마 뒤 횃불을 든 두 형상이 숲속을 헤맸다. 거친 용모와 남루한 행색을 한 남자가 앞서 걷고 있었다. 그는 터벅터벅 힘들게 산길을 걸어갔다. 남자는 이따금 길을 몰라 막막해하며 어둠에 저주를 퍼부었다. 등에 걸머진 긴 장대 끝에는 무거운 보따리가 묶여 있었다. 그 남자는 하인이며 이름은 크산티 아스였다. 그의 뒤로 우아하고 세련된 모습의 신이 따라오고 있었다. 신은 황금 샌들이 더러워지지 않게 발끝으로 천천히 걸어갔다. 노란색 옷을 입고 어깨에는 사자 가죽을 둘렀으며, 대팻밥 같은 금발 곱슬머리는 근사한 포도송이 화환으로 장식되어 있었다. 디오니소스 신이었다. 그러나 그날 디오니소스는 헤라클레스처럼 강해진 느낌이 들었다. 그는 헤라클레스를 찾아가는 길이었다. 드디어 그들이 영웅의 집 앞에 도착했을 때, 디오니소스는 가슴을 한껏 부풀리고 고개를 꼿꼿이 든 채 문을 세게 두드렸다. 헤라클레스가 문을 열고 그를 보자 웃음을 터뜨렸다.

"내가 자네를 놀라게 했나?" 디오니소스가 물었다.

"놀란 자가 웃음을 터뜨리는가?" 헤라클레스가 장난스럽게 대꾸했다.

"기뻐서 우는 자도 있고 무서워서 웃는 자도 있지. 어쨌든 그건 중요하지 않네. 나는 열두 과업의 영웅인 당신에게 경의를 표하고자 이 사자 가죽을 둘렀다네. 나는 디오니소스이고 자네에게 부탁할 게 있네."

"노란색 옷에 사자 가죽, 그래 봐야 무슨 소용인가? 그래, 그 고상한 신발에 몽둥이를 들고 어디를 가는가?"

"저승 세계로 가네!" 디오니소스가 자랑스럽게 말했다.

"누가 그리 가라고 조언하던가? 자네가 그 사람을 기쁘게 해줄 것은 분명하군." 헤라클레스는 빈정거리며 말했다.

"스스로 가는 것이네. 나는 사명감을 느낀다네. 아니, 더 정확히 말하면 내 욕망을 채우기 위해 가는 것이지. 자네가 나를 이해할는지 모르겠네. 갑자기 어떤 열망에 휩싸인 적이 없나? 예를 들어 콩 요리가 먹고 싶다든가……."

"하루도 빠짐없이!" 영웅은 흥분해서 외쳤다. 디오니소스는 그의 왕성한 식욕을 익히 알고 있었지만 콩 요리를 좋아하는 줄은 몰랐다. 그의 관심 있는 반응에 뿌듯해하며 디오니소스는 설명을 이어 갔다.

"좋네. 내게도 애가 타는 열망이 있다네. 그건 바로 에우리피데스지!"

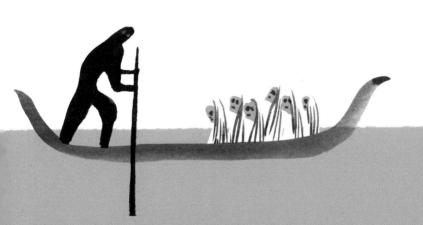

"에우리피데스라면 비극 작가 말인가? 그는 죽었잖소!"

"물론 알지. 허나 그가 죽은 뒤로는 극장에 갈 마음이 생기지를 않네. 그래서 저승으로 가서 그를 데려올 생각이네. 자네는 마지막이자 가장 위험한 열두 번째 과업을 수행하기 위해 그곳에 가서 머리 셋 달린 개, 케르베로스를 제압했지. 그러니 저승으로 가는 가장 빠른 길을 알려 주시겠나?"

"밧줄과 의자가 있는가?"

"그럼."

"목을 매달아 죽으시게." 헤라클레스가 제안했다.

디오니소스는 상상해 보았다. 그는 아름다운 목에 상처를 내고 싶지 않았다. 그래서 영웅에게 다른 방법을 알려 달라고 부탁했다. 헤라클레스는 자세히 말해 주지 않고는 이 골칫거리를 내보낼 수 없다는 사실을 깨달았다.

"잘 들으시게. 저승으로 가는 길은 멀고도 복잡하다네. 자네는 절대 갈 수 없어! 먼저 바닥이 없는 거대한 늪지를 만나게 된다네. 늙은 사공이 작은 나룻배로 태워 주는데 금화 두 닢을 뱃삯으로 요구할 걸세. 그 이후로 뱀과 괴물을 수없이 맞닥뜨려야 하지. 손님을 학대하거나, 거짓 맹세를 하거나, 극악무도한 범죄를 저지른 자들이 질벅거리고 악취 나는 오물 강에서 허우적대고 있다네. 어느 순간 자네는 피리 소리에 압도될 걸세. 아테네에서처럼 아주 찬란한 빛을 보게 되는데……."

"그런 데는 가기 싫어요!" 하인 크산티아스가 투덜거렸다.

디오니소스는 그를 노려보았다. 그의 하인은 언제든 하고 싶은 말을 거침없이 내뱉는 성미였다. 그들은 영웅에게 작별 인사를 했다. 크산티아스는 무거운 보따리가 달린 장대를 어깨에 다시 걸머지고 출발했다. 그들은 길을 가다가 장례 행렬과 마주쳤다. 크산티아스는 수레 가까이 다가가서 얼른 슬픈 표정을 지으며 유족들에게 인사했다. 그리고 고인에게 다가갔다. "이보게 친구, 자네는 저승으로 갈 테니 내 짐을 좀 옮겨 주겠나? 나는 피곤하고 짐은 무겁다네."

고인은 눈을 뜨고 하인을 바라보았다. "값을 쳐 준다면 그리하지. 은화 두 닢이면 좋겠네."

"장난하시나? 한 닢이면 족하네." 크산티아스가 흥정했다.

"어림도 없는 소리!" 고인은 화를 내고는 눈을 질끈 감았고, 이후 묘지로 옮겨졌다.

헤라클레스가 말한 대로 그들 앞에 거대한 늪지가 펼쳐졌다. 뱃사공 카론은 나룻배 위에 서서 불타는 눈으로 그들을 살폈다. 그는 산 자와 죽은 자를 구별할 줄 알았다. 카론은 그들이 살아 있다는 것을 알아채고 무시하기로 했다. 그는 손나팔을 하고 큰 소리로 배가

이승
크로치키에
케르베로스 마을
레테 평원
벨리포소
저승

출발한다고 알렸다. "여러분께 안내 말씀 드리겠습니다. 배가 곧 출발합니다. 우리 배는 크로치키에, 케르베로스 마을, 레테 평원, 벨리포소 정거장을 거치겠습니다."

디오니소스와 크산티아스가 배에 오르려고 하자 카론이 한 손을 들며 막아섰다. "먼저 뱃삯을 지불하시오." 그리고 크산티아스를 훑어보며 거만하게 말했다. "노예는 탈 수 없다!"

크산티아스는 이를 악물고 욕을 퍼붓고서 돌아섰다. 그는 반대쪽으로 가기 위해 먼 길을 둘러가야 했다. 한편 디오니소스는 삯을 치르고 나서 말없이 뱃머리로 가 앉았다. 그런데 카론이 그에게 노를 저으며 조용히 귀를 기울이라고 했다. 디오니소스는 그가 시키는 대로 따랐다.

정박지에는 파란색 벨벳 정장을 우아하게 차려입은 개구리들이 반원형을 이루고 있었다. 고인의 도착을 환영하는 무리였다. 나이 든 개구리의 능숙한 지휘에 맞춰 그들은 노래를 불렀다. "크라크라아크라 크라크라크리크라크리크라!"

"허리가 아프오!" 디오니소스가 카론에게 외쳤다. "허리 아래 엉치도 아프오!" 그러나 그의 목소리는 쉴 새 없이 이어지는 개구리들의 합창 소리에 묻혀 망자들의 뱃사공에게 들리지 않았다. "크라크라크라 크라크라크리크라크리크라!"

"허리와 엉치가 아프오!" 더 크게 소리쳤지만 이번에도 합창 소리에 압도되었다. "크라크라아크라 크라크라크리크라크리크라!"

"이봐!" 디오니소스가 합창단에게 외쳤다. "그 끔찍한 노래를 좀 멈춰! 크라크라크라! 그까짓 것 나도 할 수 있어. 어떤가?"

지휘자 개구리가 갑자기 주먹을 꽉 쥐자 합창단이 조용해졌다. 지휘자가 그에게 말했다. "나리, 우리는 온종일 목이 터져라 노래할 겁니다. 훌륭한 가수들이니까요. 그렇지 않나요?"

"그래? 그렇담 내가 더 크게 불러 주지. 들어 봐! 크라크라크라아아! 크라아아! 크라아아!"

개구리들은 앞발로 귀를 틀어막았다. "노래를 부르는 거요, 톱질을 하는 거요?" 지휘자가 비웃듯이 물었다. 개구리들은 다 같이 웃음을 터트리며 조롱하고는 팔짝팔짝 뛰며 멀리 달아났다.

디오니소스는 강기슭에 도착해서 크산티아스와 재회했다. 그는 궁금해서 물었다. "그래, 늪지를 빙 돌아오면서 무엇을 봤느냐?"

"온통 어둠과 진흙투성이! 여기저기에 저주받은 죄인들이 있고, 특별한 건 없었어요."

"아마 헤라클레스는 우리를 겁주려고 했던 거야. 내가 누군지 모른 게지!"

갑자기 엄청난 천둥이 울리며 땅이 뒤흔들렸다.

"어디서 나는 소린가?" 겁에 질린 디오니소스가 물었다.

"저기 뒤에서!" 하인이 당황하며 아무 데나 가리켰다.

"그러면 얼른 앞으로 가자!"

"아뇨, 제가 잘못 들었습니다. 앞쪽에서 났어요." 하인이 자신의 말을 정정했다.

"그러면 뒤로 돌아가자."

그들은 잠시 그대로 있다가 곧 지루해져서 다시 길을 나서기로 했다.

"소중한 내 짐을 잘 챙겨라!"

크산티아스는 무거운 보따리를 걸머졌고 둘은 서둘러 걸어갔다. 그러나 얼마 가지 않아 아름다운 피리 소리가 그들을 휘감았다.

"저 소리가 들리느냐?" 감미로운 선율에 매혹된 디오니소스가 흥분한 목소리로 물었다.

"들립니다. 그런데 나무 타는 냄새도 나네요. 아마 신비 의식의 횃불 행렬일 거예요. 이런 건 정말 싫어요!"

둘은 구석에 몸을 숨기고 지켜보았다. 비밀 종교 집단의 신도들이 횃불을 흔들고 노래를 부르며 행진하고 있었다.

"오 이아쿠스, 이아쿠스! 밤 축제의 빛나는 별이여. 흥겨운 축제의 찬란한 별이여. 오 이아쿠스, 이아쿠스!"

"그저 그런 의식이야. 이아쿠스 신의 신도들이군." 디오니소스가 중얼거렸다.

"시시한 신이군요. 어쨌든 이런 건 정말 싫어요! 그래도 저들에게 길을 묻는 게 좋겠어요."

디오니소스는 신도들에게 다가가서 저승으로 가는 가장 빠른 길을 물었다.

"멀리 갈 것 없어요. 방금 도착했으니까요. 바로 저것이 저승으로 들어가는 문입니다."

디오니소스는 어깨에 두른 사자 가죽을 정돈했다. 그리고 용감한 헤라클레스처럼 가슴을 한껏 부풀리고 고개를 꼿꼿이 들고는 문을 세게 두드렸다.

저승의 심판자 아이아코스가 문을 열어 주었다. 그는 방문자를 잠시 빤히 쳐다보더니 소리쳤다. "헤라클레스!"

디오니소스는 그 늠름한 영웅과 자신을 혼동했다는 사실에 뿌듯해하며 만족스러운 미소를 짓고는 얼른 고개를 끄덕였다. 그러자 아이아코스가 근엄한 표정으로 그의 머리를 힘껏 내리쳤다.

"이것은 내 개 케르베로스를 학대한 죗값이오!"

디오니소스는 땅바닥에 거꾸러졌다. 그는 하인을 불러 자기 대신 헤라클레스 복장을 하라고 명령했다. 크산티아스는 어쩔 수 없이 그렇게 했다. 그가 사자 가죽을 걸치자마자 그의 앞에 아름다운 소녀들이 몰려들었다. 그녀들은 강인함과 따뜻함을 두루 갖춘 헤라클레스의 명성을 알고 있었기에 그를 환호하며 반겼다. 크산티아스는 추종자들에게 둘러싸여 높이 받들어졌다. 그 광경에 화가 치민 디오니소스는 복장을 다시 바꾸자고 했고, 크산티아스는 주

인의 명령에 따랐다. 디오니소스가 다시 가죽옷을 둘렀을 때 소녀들은 근처의 선술집으로 불려 갔다. 선술집 문에서 덩치가 크고 수염이 난 여자가 나왔다. 그녀는 디오니소스를 보자 황급히 안으로 들어가더니 큼지막한 냄비를 들고 뛰쳐나왔다.

"헤라클레스, 당신을 찾고 있었어. 드디어 다시 보는군! 얼마 전 여기서 먹은 걸 기억하지? 넌 내 음식을 거덜 내고는 계산도 하지 않고 사라졌지. 지금이라도 값을 치러야 하지 않겠어?"

디오니소스와 크산티아스는 날벼락을 피하기 위해 부리나케

도망쳤다. 한참을 달리다 숲속까지 오게 된 그들은 가쁜 숨을 고르다가 마주 앉아 있는 두 형상을 보았다. 아이스킬로스와 에우리피데스였다.

디오니소스는 감격의 눈물을 흘렸다. 그의 눈앞에 비극 예술의 아버지 아이스킬로스가 있었고, 그 옆에는 그가 가장 좋아하는 비극 작가 에우리피데스가 있었다. 디오니소스는 그들의 대화를 듣고 싶어서 우아한 신발로 춤을 추듯 걸으며 두 작가에게 다가갔다. 그런데 두 사람은 서로의 작품을 비난하며 언쟁을 벌이고 있었다.

"자네는 오만해! 주제넘게 비극에서도 감동을 찾으려고 하니까!" 아이스킬로스가 에우리피데스에게 말했다.

"그러는 자네는? 우울한 이야기만 들려주잖아. 그리스와의 전쟁에서 패한 페르시아인들, 제우스의 형벌을 받는 프로메테우스, 쇠파리에 쫓기는 불쌍한 이오……." 에우리피데스가 맞받아치며 공격했다.

"그럼 자네는 어떤가? 광기에 휩싸인 어머니와 그 무리에게 살해되는 왕 이야기를 무대에 올리지 않았나!"

에우리피데스는 신발을 벗어 아이스킬로스에게 던지려고 했다. 아마 또 다른 위대한 작가도 같은 생각을 했을 것이다.

디오니소스가 큰 소리를 내며 그들 사이에 끼어들었다. "존경해 마지않는 작가님들! 이게 무슨 망신입니까? 자중하세요! 점잖은 시인들이 숯쟁이처럼 싸워서는 안 됩니다. 여러분 중 누가 더 위대한지 제가 가려 보겠습니다. 이 겨루기의 우승자는 상을 받게 됩니다."

"그게 무엇인가?" 두 경쟁자가 궁금해하며 물었다.

"이승으로 돌아가는 것! 둘 중 한 명은 저와 함께 아테네로 돌아갈 것입니다. 어떤가요?"

아이스킬로스는 손으로 수염을 쓰다듬으며 생각에 잠겼다. 에우리피데스는 미간을 찌푸리고 주먹 쥔 한 손을 턱에 올렸다. 그들은 겨루기를 벌일지 말지 결정하지 못한 채 한참을 그 자세로 있었다. 이승으로 돌아가는 게 과연 좋은 일일까? 걱정과 슬픔을 다시 겪는 것 말고는 그들에게 무슨 의미가 있는가? 인생은 영원히 똑같은 일상을 펼칠 것이다. 그러다 어느 날, 가까운 날이든 먼 훗날이든 다시 죽음을 맞이하리라. 에우리피데스는 그것이 기쁨인지 절망인지 알 수 없었다. 아이스킬로스는 불과 며칠 전에 만났던 다리우스대왕의 영혼을 찾아가 조언을 구하고도 싶었다.

디오니소스는 기다리다 지친 나머지 서둘러 진행하기로 했다. "크산티아스, 때가 왔다! 장대의 보따리를 풀고 그 안에 든 것을 꺼내거라!"

하인이 즉시 주인의 말을 따르자 근사한 저울이 그들의 눈앞에 드러났다.

"겨루기는 다음과 같이 진행됩니다. 여러분이 각각 한 구절을 읊으면 제가 저울로 그 무게를 잴 것입니다. 이런 식으로 누가 더 비중이 있는 작가인지 가리겠습니다."

아이스킬로스가 먼저 읊었다. "냉정하고 진지하게 생각해야 하오. 바닷물 속에 들어가 진주를 캐는 어부처럼 밝은 눈으로 바라봐야 하오."

〈탄원하는 여인들〉! 내가 좋아하는 작품 중 하나지요!" 디오니소스가 감탄하며 외쳤다.

다음은 에우리피데스의 차례였다. "나는 내 목숨을 내줄 정도로 당신을 존경합니다. 당신 대신 죽지 않고 다른 사람과 결혼할 수도 있었겠지요. 그러나 나는 당신 없이는 살고 싶지 않았습니다!"

"〈알케스티스〉! 오, 얼마나 아름다운지!" 디오니소스는 눈물을 숨기며 탄식했다.

크산티아스의 손에서 저울이 흔들거렸다. 저울의 접시는 아이스킬로스 쪽으로 약간 기울어졌다. 에우리피데스는 승자를 판단할 만큼 한쪽으로 분명하게 기운 것이 아니라고 주장했다. 두 사람이 또다시 옥신각신 다투기 시작하자 디오니소스는 승부를 겨룰 다른 방법을 제시했다.

"마지막 기회를 드립니다. 문학이 삶에 유용하다면 더 가치가 있을 겁니다. 문학은 모두에게 쓸모가 있고 아름다워야 합니다. 그러니 백성에게 이로운 조언을 하는 사람을 데려가겠습니다. 자, 빈곤과 부패로부터 어떻게 나라를 구할 수 있을까요?"

모두의 삶을 더 좋게 만드는 정책을 내놓아야 했다. 두 작가 중 누가 더 현명한 대안을 제안했을까?

먼저 에우리피데스가 의견을 냈다. "우리가 지금 신뢰하고 있는 사람들을 내치고, 그동안 거부했던 사람들을 신임한다면 잘될 수 있을 것이오! 어떤 방법을 써서 일이 잘못되었다면 그 반대의 방법을 쓰면 되오!"

이어서 아이스킬로스가 생각을 말했다. "적국을 자기 나라처럼 여긴다면 상황이 나아질 것이오. 그리고 선박이 중요하니 그것에 집중

할 필요가 있소."

디오니소스는 머릿속에서 두 의견을 저울질했다. 에우리피데스의 제안은 그에게 혼란스러운 말장난처럼 들렸다. 한편 아이스킬로스의 제안은 다른 나라를 자기 나라처럼 사랑하라는 권유로 들렸다. 아마도 그는 누구나 두려움 없이 배를 타고 여행길에 올라 다른 세상과 사람들을 만나는 모습을 바랐을 것이다.

그때 저승의 신 하데스가 나타났다. 그는 한 손에 지하 왕국의 열쇠를 쥐고 흔들면서 소리를 울렸다. 시간이 많이 지체되었고 이제 결정을 내려야 했다. "자, 디오니소스, 어쩔 셈인가?" 저승의 지배자가 물었다.

"아이스킬로스를 데리고 가겠습니다."

승자는 기뻐하며 동료에게 악수를 청했지만 에우리피데스는 손을 뿌리치고 그 자리에 있는 모두에게 분노를 터트렸다. 그리고

는 발을 구르고 머리카락을 쥐어뜯으며 멀어져 갔다.

"가벼운 식사라도 하고 떠나는 게 어떻겠소?" 하데스가 물었다.

모두가 흔쾌히 승낙했다.

"여러분을 위한 깜짝 선물을 하나 더 준비했소." 관대한 집주인이 알렸다. "자, 근사한 음악 공연이 시작됩니다!"

파란색 벨벳 정장을 우아하게 차려입은 개구리들이 점잔을 빼며 등장했다.

"안 돼! 개구리는 싫어!" 디오니소스가 부르짖었다.

나이 든 개구리는 그 외침을 무시한 채 심호흡을 하고 팔을 들어 시작 신호를 주었다. 개구리 합창단의 노래가 시작되었다. "크라크라아크라 크라크라크라크리크라크리크라!"

감사의 글

에이나우디라가치 출판사에 진심으로 감사드립니다. 편집부의 역량과 지원, 인내에 다시 한번 감사드립니다. 훌륭한 선생님이자 음악가, 개구리를 위한 노래에서 세계 최고의 전문가인 지우파 갈라티에게 고마움을 전합니다. 그리고 10대 청소년들이 흔히 겪는 '개인적 비극'에 관해 일러 준 에마누엘레에게 감사 인사를 전합니다. 끝으로 이 책을 요정 팅커벨에게 바칩니다.

하룻밤에 읽는 그리스 비극

초판 1쇄 인쇄 2024년 6월 20일
초판 1쇄 발행 2024년 6월 25일

글 다니엘레 아리스타르코
그림 사라 노트
옮긴이 김희정
펴낸이 조승식
펴낸곳 도서출판 북스힐
등록 1998년 7월 28일 제22-457호
주소 서울시 강북구 한천로 153길 17
전화 02-994-0071
팩스 02-994-0073
인스타그램 @bookshill_official
블로그 blog.naver.com/booksgogo
이메일 bookshill@bookshill.com

ISBN 979-11-5971-548-8
정가 16,000원